KB150456

실버문고

202

아름다운 노년
건강한 삶의 향기

명월(明月)이 만공산(滿空山)하니

명월(明月)이 만공산(滿空山)하니

신연우 엮음

평민사

　의약의 발달과 경제성장에 따라 노인인구는 그 동안 꾸준히 증가되어 왔으며, 앞으로는 그 증가 속도가 더욱 빨라질 전망입니다. 따라서 사회 각층에서 이에 대한 대비에 여념이 없는 듯이 보입니다. 노인을 위한 의료기관이나 양로원 시설을 확충하기도 하고 소외된 노인을 위한 복지혜택을 늘리는 일들이 그런 예입니다. 그러나 정작 우리 주위에서 볼 수 있는 보통의 노년층을 위한 일은 찾아보기 어려운 실정입니다. 노인문화에 대해 진지하게 살펴볼 겨를이 없었던 것입니다.

　대부분의 노년층은 중년의 힘겨운 멍에를 벗고 이제야겨우 여유를 갖게 되었지만 막상 그 여가시간을 효율적으로 활용할 수 있는 길이 막혀 있습니다. 새로운 일을 찾는다거나 취미를 개발하는 일이 쉽지 않은 상황에서 교양 있는 노년층이라면 가장 손쉬운 문화활동으로 독서를 떠올리게 됩니다. 지금의 노년층이야말로 어떤 면에서 가장 순수한 의미의 독서세대이기 때문입니다. 그 분들이 처음 책을 접했던 때는 라디오도 TV도 없는 시절이었으므로 책이 거의 모든 지식과 정보의 근원이었습니다. 그러나 막상 책을 읽으려 해도 돋보기를 쓰고도 잘 보이지 않는 작은 활자에서부터 지나치게 부담스러운 분량, 젊은이 취향의 내용 때

문에 많은 어려움을 겪어야 했습니다. '정보화 사회'의 기본은 정보에서 소외되는 계층을 없애는 것임에도 불구하고, 세간의 관심이 컴퓨터와 인터넷으로 몰리는 가운데 우리의 노년층은 독서활동에서조차 제약을 받게 되고 말았습니다.

이 〈실버문고〉 총서는 그런 문제를 풀어나가는 디딤돌을 마련코자 기획되었습니다. 활자도 크게 하고, 분량이나 내용도 노년층에 적합하게 꾸몄습니다. 따라서 이 총서에는 젊었을 때 읽었으나 다시 읽고 싶은 책에서부터 노년층에 꼭 필요한 정보, 신세대를 이해하기 위한 내용, 순수한 교양물 등이 두루 망라될 예정입니다. 모쪼록 이로 인해 노년층의 독서가 활성화되어, 그것이 작게는 노년기의 여가 활용과 교양 함양에 일익을 담당하고 크게는 다음 세상을 짊어지고 나갈 젊은 세대에게 독서의 의미를 일깨워주는 모범적인 사례가 되기를 기대합니다.

책 읽는 노인에게서 나오는 은발의 예지가 우리 사회를 더욱 젊고 건강하게 합니다.

2001년 봄
〈실버문고〉 기획위원

책머리에

　요즘처럼 아이들이 갖고 놀 게 많지 않았던 시절, 시조는 놀이 구실도 하면서 자신도 모르게 문학에 젖어들게 하는 대단히 훌륭한 수단이자 목적이었습니다. 연세 지긋하신 어르신들 중에는 시조에 대해 남다르게 각별한 추억을 갖고 계신 분들도 많을 것으로 생각합니다. 일제시대, 신문사에서 벌인 '歌鬪(가투)'라고 하는 시조놀이를 기억하시는 분들도 계실 것입니다. 그렇지 않더라도 우리 민족이라면 시조 한두 수 듣지 않고 또는 외워보지 않고 어린 시절을 보낸 분은 아무도 없을 것입니다. 시조는 누백년의 세월을 거치면서 우리 겨레 사람들의 가슴에 젖어든 민족적 정서를 노래한 것입니다.

　그런 시조가 요즈음은 현대 것, 외국 것에 가려 홀대를 받고 있습니다. 올바로 된 시조집 한 권 찾아 읽기 쉽지 않습니다. 이 책은 여러 어르신들이 옛날에 보고 듣고 외웠던 시조들을 한 자리에 모은 것입니다. 선인들의 풍류와 여유와 자연에 대한 사랑과 나라에 대한 충절, 사랑과 이별에 대한 안타까운 심정들 모두가 우리 마음 그대로 아닌 것이 없습니다. 이런 정서를 잃어버린 현대에 생겨나는 여러 가지 병들이 있습니다. 다시 한 번 이 시조들을 찾아 읽고 옛 선인들의 마음을 되새겨보고 삶을 여유있고 풍요롭게 할 수 있다면 참으로 기쁜 일입니다.

2001년 봄
엮은이 신 연 우

명월(明月)이 만공산(滿空山)하니

실버문고 202 차 례

1. 梨花(이화)에 月白(월백)하고

시조 내용을 이루는 양대 주류는 자연과 교훈입니다.
자연은 마음에 평안을 주는 영원한 휴식처입니다.
이 장에서는 고려 후기부터 지어진
자연을 노래한 시조들을 모았습니다.

李 穡 (이색)

白雪(백설)이 잦아진 골에
구름이 머흐레라
반가운 梅花(매화)는
어느 곳에 피었는고
夕陽(석양)에 호올로 서서
갈 곳 몰라 하노라

이 시조는 순전히 경치를 읊은 것으로 보아도 좋지만, 고려 말의 상황과 연관지어보면 각별한 맛이 있습니다. 이성계 일파의 역성혁명과 그것을 저지하고 고려를 되살려보겠다는 정몽주 파의 사이에서 어떠한 선택을 할 지 몰라 애태우는 모습이 '석양에 홀로 서서 갈 곳 몰라 하' 는 모습으로 그려져 있습니다.

머흐레라 ; 험하구나

李兆年 (이조년)

梨花(이화)에 月白하고
銀漢(은한)이 三更(삼경)인 제
一枝春心(일지춘심)을
子規(자규)야 알랴마는
多情(다정)도 病인 양하여
잠 못 이뤄 하노라

고려말을 대표하는 유명한 시조입니다. 배꽃 피고 소쩍새 우는 봄날 깊은 밤에 느끼는 자신도 모를 애련한 정서, 그 다정함이 병이 될 정도의 다감함을 지닌 작가의 마음을 읽어볼 수 있습니다.

銀漢 ; 은하수
三更 ; 자정 무렵
자규 ; 소쩍새, 봄날 저녁 무렵부터 이튿날 새벽까지 운다.

孟思誠 (맹사성)

江湖四時歌

1.

江湖(강호)에 봄이 드니 미친 興(흥)이 졀로 난다

濁醪 溪邊(탁료 계변)에 錦鱗魚(금린어) 안주로다

이 몸이 閑暇(한가)하옴도 亦君恩이샷다

2.

강호에 녀름이 드니 草堂(초당)에 일이 없다

有信(유신)한 江波(강파)는 보내나니 바람이로다

이 몸이 서늘하옴도 亦君恩(역군은)이샷다

3.

江湖에 가을이 드니 고기마다 살져 있다

小艇(소정)에 그물 실어 흘리띄워 던져두고

이 몸이 消日하옴도 亦君恩이샷다

녀름 ; 여름

탁료 ; 탁주, 막걸리

계변 ; 시냇가

4.
江湖에 겨울이 드니 눈 깊이 자히 남다
삿갓 빗겨 쓰고 누역으로 옷을 삼아
이 몸이 춥지않음도 亦君恩이샷다

맹 사성은 세종조의 명재상입니다. 그러나 비가 새어 옷이 젖는 집에서 살았고, 여행을 해도 수행원 없이 소탈하게 차리고 나서서, 그를 영접하겠다고 나선 관리들을 애먹였던 더없이 서민적인 재상이었습니다. 자신은 가난하게 살았지만 자신의 시대는 여유로운 태평성대로 만들고자 했던 작가의 마음이 이 시조에 나타났다고 보입니다.

자히 남다 ; 한 자(尺)가 넘는다
소정 ; 작은 배
누역 ; 도롱이

黃喜 (황희)

四時歌(사시가)

1.

江湖(강호)에 봄이 드니 이 몸이 일이 하다

나는 그물 깁고 아이는 밭을 가니

뒷 뫼에 엄 긴 藥(약)을 언제 캐려 하나니

2.

삿갓에 되롱이 입고 細雨中(세우중)에 호미 메고

山田(산전)을 흩매다가 綠陰(녹음)에 누었으니

牧童(목동)이 牛羊(우양)을 몰아다가 잠든 나를 깨워라

3.

대추 볼 붉은 골에 밤은 어이 뜯드르며

벼 븬 그루에 게는 어이 나리는고

술 익자 체 장사 돌아가니 아니 먹고 어이리

하다 ; 많다

엄 ; 싹

4.

뫼에는

새 다 긋고

들에는

갈 이 없다

외로운 배에

삿갓 쓴 저 늙은이

낙대에 맛이 깊도다

눈

깊은 줄 아는가

뜻드르며 ; 떨어지며
게 ; 蟹
긋고 ; 사라지고, 그치고

황 희 역시 조선 초기 태조로부터 세종에 이르기까지 높은 벼슬을 역임한 명재상으로 이름이 높습니다. 이런 분들이 있었기에 세종조는 가히 태평시대라는 말을 들을 수 있었습니다. 이 시조에 보이는 사계절 모두 평화롭지 않음이 없지만, 특히 3연에서 술 익자 술 거르는 체를 파는 사람이 왔으니 당장 사서 술을 걸러 마시지 않고 어쩌겠냐는 말은 그의 넉넉함을 보여주는 듯 합니다. 그러면서도 봄과 여름에 일과 생활이 하나가 되는 모습은 나이들어 얻을 수 있는 최고의 부러움을 자아내고, 겨울에 보여주는 것은 삶에 대한 깊은 사색으로 우리도 동참하고 싶은 마음을 불러 일으킵니다.

申 欽 (신 흠)

山村에 눈이 오니
돌길이 묻혔어라

사립문 열지 마라
날 찾을 이 뉘 있으리

밤중만 一片明月이
긔 벗인가 하노라

이 시는 참 외로움을 느끼게 합니다. 눈 덮인 돌길에 묻힌 산
골에 살면서 문조차 닫아놓고, 사람이 벗이 아니라 한 조각 달
만이 자신의 벗이 되는 것은 세상에 대한 큰 실망이 있었기 때
문으로 보입니다. 그럴 때 자연이 위로가 되는 것은 사실입니
다. 그러나 그 속에만 너무 오래 파묻혀 있는 것은 좋아보이지
않습니다.

尹善道 (윤선도)

잔 들고 혼자 앉아 먼 산을 바라보니
그리던 임이 온다 반가움이 이러하랴
말씀도 웃음도 아녀도 못내 좋아 하노라

내 성이 게으르더니 하늘이 알으실사
인간 만사를 한 일도 아니 맡겨
다만당 다툴 이 없는 강산을 지키라 하시도다

윤 선도는 효종의 스승이었지만 좌우 신하들의 반대로 벼슬
살이를 제대로 하지 못했습니다. 오해를 받기도 여러 차례 끝에
지금의 보길도에 자신만의 세계를 꾸며놓고 자연을 벗삼아 소
일했습니다. 이 강산을 지키는 자신의 모습이 자신이 원래 게을
러서 라고 합리화를 하고 있습니다.

尹善道 (윤선도)

五友歌(오우가)

1.

내 벗이 몇이나 하니 水石과 松竹이라

동산에 달 오르니 긔 더욱 반갑고야

두어라 이 다섯밖에 또 더하여 무엇하리

2.

구름 빛이 좋다 하나 검기를 자로 한다

바람 소리 맑다 하나 그칠적이 하노매라

좋고도 그칠 뉘 없기는 물뿐인가 하노라

3.

꽃은 무슨 일로 피면서 쉬이 지고

풀은 어이하여 푸르는 듯 누르나니

아마도 변치 않을손 바위뿐인가 하노라

4.

더우면 꽃 피고 추우면 잎 지거늘
솔아 너는 어이 눈서리를 모르는다
구천에 뿌리 곧은 줄을 그로하여 아노라

5.

나무도 아닌 것이 풀도 아닌 것이
곧기는 뉘 시키며 속은 어이 비엇는가
저렇듯 사시(四時)에 푸르니 그를 좋아 하노라

6.

작은 것이 높이 떠서 만물을 다 비춰니
밤중의 광명이 너만한 이 또 있느냐
보고도 말 아니하니 내 벗인가 하노라

오우가 여섯 수는 『山中新曲』이라는 윤선도의 우리말 노래 책에 들어있습니다. 세속을 멀리하고 자연의 水 石 松 竹 月을 벗삼아 벗의 좋은 점을 배우면서 살아간다는 것입니다. 전체적으로는 자연이 항상 변치 않는 모습을 배우겠다는 것이며 이것은 정치판에서 인간들이 항상 변하는 것에 대한 반발입니다. 그러면서 마지막 연에서는 그런 모습을 모두 보면서도 시비를 말하지 않는 달에 자기자신을 빗댄 것입니다.

尹善道 (윤선도)

蓮(연) 잎에 밥 싸 두고 반찬으란 장만 마라
청약립은 써 있노라 녹사의 가져오냐
무심한 백구는 간 곳마다 좇닌다

物外(물외)에 좋은 일이 漁父 生涯(생애) 아니런가
漁翁(어옹)을 웃지 마라 그림마다 그렸더라
두어라 四時興(사시흥) 한가지나 秋江(추강)이 으뜸이라

수국에 가을이 드니 고기마다 살 져 있다
萬頃(만경) 澄波(징파)에 슬카지 용여하쟈
人世를 돌아보니 머도록 더옥 됴타

간 밤의 눈 갠 후에 경물이 달랐고야
앞의난 만경 유리 뒤의난 천첩 옥산
仙界ㄴ가 佛界ㄴ가 인간이 아니로다

물가의 외로운 솔 혼자 어이 씩씩한고
머흔 구름 한치 마라 세상을 가리운다
波浪聲(파랑성)을 厭(염)치 마라 塵喧(진훤)을 막는도다

이렇듯 자연을 즐기면서 그것으로 족하지 않고 항상 인간을 돌아보니 멀수록 더욱 좋다고 말해서 인간세계와 자연세계를 양분하는 태도는 바로 윤선도 시조의 특징입니다. 누구나 인간세계는 악이 많고 자연세계는 선의 세계라는 이러한 양분론을 택하기 쉽습니다. 살아온 경험이 다르므로 어떤 태도가 바람직한 것일까는 사람에 따라 다를 것입니다.

尹善道 (윤선도)

漁父四時詞 몇 수

우는 것이 벅구기가 푸른 것이 버들숲가
어촌 두어 집이 내 속에 나락 들락
말가한 깊은 소에 온갖 고기 뛰노나다

고운 볕이 쬐었는데 물결이 기름같다
그물을 두어두랴 낚시를 놓아둘까
탁영가에 흥이 나니 고기조차 잊을로다

漁 父는 漁夫와 달리 생계를 위해 고기를 잡는 사람이 아닙니다. 고기를 못잡아 안달할 필요가 없습니다. 모든 것이 여유롭고 만족스럽습니다. '탁영가'는 자신이 깨끗해서 세상에서 물리침을 당한 굴원이라는 사람의 노래입니다. 윤선도는 아마 자신을 꼭 그렇게 본 것 같습니다.

南九萬 (남구만)

동창이 밝았느냐 노고지리 우지진다
소 치는 아이는 상긔 아니 일었느냐
재 너머 사래 긴 밭을 언제 갈려 하느니

‘**태**산이 높다하되’ 와 함께 시조 중에 가장 널리 알려진 것
이 아닌가 합니다. 노고지리 우는 봄날의 부산함과 조금
더 자고 싶어 하는 아이의 모습이 선명한 대조를 이루면서, 동
시에 그 둘을 함께 보면서 아이를 깨우는 노인의 모습이 눈 앞
에 그려지는 듯 합니다.

李鼎輔 (이정보)

국화야 너는 어이 삼월 동풍 다 지내고
落木寒天(낙목한천)에 네 홀로 피었는다
아마도 傲霜孤節(오상고절)은 너 뿐인가 하노라

낙목한천은 나뭇잎이 다 떨어진 추운 겨울날이고 오상고절
은 서리를 이겨내는 높은 절개입니다. 다른 꽃들은 다 지고 서
리가 내리는 때에 홀로 절개를 뽐내는 국화를 통해서 삶의 자세
를 가다듬자는 시조입니다.

安玟英 (안민영)

梅花詞(매화사)

어리고 성긴 가지 너를 믿지 아녔더니
눈 기약 능히 지켜 두 세 송이 피었구나
燭(촉) 잡고 가까이 사랑할 제 暗香(암향)조차 浮動(부동)
터라

바람이 눈을 몰아 山窓(산창)에 부딪치니
찬 기운 새어들어 잠든 梅花 침노한다
아무리 얼우려 한들 봄뜻이야 앗을소냐

옛 선인들의 매화에 대한 사랑은 자별한 맛이 있습니다. 추
운 겨울을 이기고 봄 뜻을 알리기 위해 피는 매화는 위에서 본

촉 ; 촛불
암향 ; 매화의 그윽한 향기
부동 ; 떠돎
얼우려 ; 얼게 하려

국화와 짝을 이룹니다. 연약함으로 강한 추위를 이겨내는 매화에서 선비의 정신을 찾고자 했던 것입니다. '눈 기약'이라는 말은 이중적으로 해석되어 묘미가 있습니다.

朴仁老 (박인로)

江頭(강두)에 屹立(흘립)하니 仰之(앙지)에 더욱 높다
風霜(풍상)에 不變(불변)하니 鑽之(찬지)에 더욱 굳다
사람도 이 바위 같으면 大丈夫(대장부)인가 하노라

(강머리에 우뚝하니 우럴수록 더욱 높다
풍상에 불변하니 뚫으려면 더욱 굳다
사람도 이 바위 같으면 대장부인가 하노라)

박인로는 임진왜란 때 해군장교를 지낸 사람입니다. 대위 정
도 되지 않았을까 합니다. 나라가 어지러운 시대에 자기 자신을
더욱 곧고 굳게 세우고 세상을 계몽해야 한다고 생각했습니다.
그럴 수 있는 바람직한 인간상이 대장부인데 여기서는 그 굳셈
이 바위같은 것이라고 칭송했습니다.

無名氏 (무명씨)

산중에 달력 없어 계절 가는 줄 모르노라
꽃 피면 봄이요 잎 지면 가을이라
아이들 헌 옷 찾으면 겨울인가 하노라

요즘같이 일분 일초를 다투는 사람들을 보고 있으면 달력 없이 사는 생활이 더 인간다운 생활이 되지 않을까 하는 생각이 듭니다. 생활은 편리해졌다고 하지만 정신은 그만큼 피곤해진 현대인들의 삶을 되돌아보게 하는 시조입니다.

無名氏 (무명씨)

간밤에 부던 바람 滿庭桃花(만정도화) 다 지거다
아이는 비를 들고 쓸으려 하는구나
落花ㄴ들 꽃이 아니랴 쓸어 무엇 하리오

떨어져 버린 꽃은 더 이상 꽃이 아니라고 생각해서 비를 들고 쓰는 아이와, 떨어진 꽃도 꽃이라고 보는 작가의 마음이 대조적입니다. 아이는 자연을 유용성의 관점에서 대하지만 어른은 더 폭 넓게 삶을 대하는 모습을 읽어볼 수 있습니다.

만정도화 ;뜰 가득 핀 복사꽃

鄭澈 (정철)

물 아래 그림자 지니 다리 위에 중이 간다
저 중아 게 섰거라 너 가는 데 물어보자
손으로 흰구름 가리키고 말 아니코 간다

이 스님은 어딜 가는 걸까요? 흰구름을 가리켰으니 흰구름
처럼 정해진 곳 없이 이곳저곳 다닌다는 것이겠지요. 이 스님은
이곳저곳이 다 목적지입니다. 그러니 지금 서 있는 그 곳도 목
적지일 것입니다. 삶은 어디로 가는 것이 아니라, 가고 있는 것
자체가 삶이라는 소리 같습니다.

韓龍雲 (한용운)

春 書

1

따슨 볕 등에 지고
維魔經(유마경) 읽노라니
가볍게 나는 꽃이
글자를 가린다.
구태여 꽃 밑 글자를
읽어 무삼하리요.

2

봄날이 고요키로
향을 치고 앉았더니
삽살개 꿈을 꾸고
거미는 줄을 친다.
어디서 꾸꾸기 소리
산을 넘어 오더라.

세상을 알기 위해 책을 읽지만 세상은 읽지 못하고 책만 읽는 사람들이 있습니다. 세상을 읽을 수 있다면 굳이 책을 읽지 않아도 되는 것이겠지요. 만해 한용운은 책을 읽으면서 세상도 읽은 사람입니다. 그래서 그는 책에서 뛰어 나와 독립운동을 했고 최후까지 변절하지 않은 지식인으로 향기나는 이름을 전합니다.

鄭寅普 (정인보)

조춘(早春)

1.
그럴사 그러한지 솔빛 벌써 더 푸르다
산골에 남은 눈이 다슨 듯이 보이고녀
토담집 고치는 소리 볕발 아래 들려라

2.
나는 듯 숨은 소리 못 듣는다 없을손가
돋으려 터지려고 곳곳마다 움직이리
나비야 하마 알련만 날개 어이 더딘고

봄 이 오는 느낌을 더 이상 다감하게 나타낼 수 없을 것 같습니다. 입춘 지나면 사실은 아직 춥지만 마음에는 벌써 봄을 받아들이고 있습니다. 솔빛이 더 푸른 느낌이고 남아있는 殘雪(잔설)조차 따듯해 보입니다. 이 시조가 좋은 것은 그 느낌 속에만 빠져 있지 않고 토담집 고치는 소리의 생활로 돌아오는 점입니다. 생활은 시조문학의 출발이자 목적입니다.

鄭寅普 (정인보)

금강산에서 | 毘盧峯(비로봉)

3.

하늘 참 넓은지고 상하사방 훤칠하다

日月出 충충 걸어 오다마저 숙는고야

半空(반공)에 긴 바람만이 돌아휘휘 하더라

7.

골 속에 자던 구름 게으른 양 나오더니

어느덧 구름 바다 만산 거기 나락들락

海金剛(해금강) 또 있다 함을 내 안 믿어 하노라

높은 봉우리, 넓은 하늘, 구름 바다, 길게 불어오는 바람, 금강산은 백두산과 함께 우리 민족의 영산입니다. 일정 때 그 압제 속에서 금강에 올랐을 때 느낀 자유와 해방의 느낌이 위당 선생에게 얼마나 감동을 주었을 지 생각해보면 이 시조가 더 잘 이해됩니다.

일월출 ; 일출봉 월출봉

鄭寅普 (정인보)

梅花 七章

3.
분홍도 엷으실사 그런듯다 도로 희다
다섯 잎 반 벌어져 속술 잠깐 보이단말
맞추어 달 돋아오니 어이 잘까 하노라

4.
앞으로 고운 자태 등 보이려 돌아선가
어디는 드문드문 다닥 붙어 헤프기도
맨 위의 외오 핀 송이 더욱 엄전 하여라

5.
옆에선 괴괴터니 멀찌거니 알았소라
잠 깨어 두긋찬데 향내 왈딱 몇번인고
행여나 맡으려 마소 맘 없어야 오느니

曹雲 (조운)

思鄕(사향)

이제 또 한 가을
제비 훨훨 날아가고
기러기는 돌아오는데
내 고향은 그 어덴고
하늘을 바라다보니
맘만 깊어 지노나

나그네 아닌 몸이
향수가 어인 일고
만경창파상에
목마른 사공일래
천리에 한 보금자리가
날 기다리고 있으리

천리면 어떠하리
만리면 어떠하리
잔나비도 저어하는
험곡인들 어떠하리
가다가 다 못갈 길이란들
아니가고 견디리

나그네 아닌 몸이 향수가 어인 일이냐는 시인의 한탄에는 자기 땅에서 나그네 되어버린 식민지 지식인의 자괴와 분노가 녹아있습니다. 조선 반도가 진정한 고향이 되기 까지 만리길 험곡이라도 가겠다는 각오가 감동을 줍니다.

曺雲 (조운)

九龍瀑布(구룡폭포)

사람이 몇 生이나 닦아야 물이 되며 몇 겁이나 轉化(전화)해야 금강의 물이 되나! 금강의 물이 되나!

샘도 강도 바다도 말고 玉流(옥류) 水簾(수렴) 眞珠潭(진주담)과 萬瀑洞(만폭동) 다 고만 두고 구름 비 눈과 서리 비로봉 새벽안개 풀 끝에 이슬 되어 구슬구슬 맺혔다가 連珠八潭(연주팔담) 함께 흘러

九龍淵(구룡연) 千尺絶崖(천척절애)에 한번 굴러 보느냐

曺雲 (조운)

어느 밤

눈 우에 달이 밝다

가는 대로 가고 싶다

이 길로 가고 가면

어데까지 가지는고

먼 말에

개 컹컹 짖고

밤은 도로 깊어져

구룡폭포

조운의 대표작입니다. 금강산을 노래한 시가 수도 없지만 이만큼의 간절함을 그린 절창도 쉽지 않을 것입니다. 폭포라는 소재 자체가 삶의 치열함을 나타내지만, 구름 비 눈 서리 안개 이슬의 여러 삶을 겪고 윤회를 거듭해야 얻을 수 있는 구룡폭포와 같은 삶을 얻기 위해서 작가의 삶의 모습은 또 얼마나 치열함을 각오했겠습니까? 폭포 같은 삶, 이것은 조선시대 선비들의 시조에는 어울리지 않지만, 현대시조에 와서는 수용되고 있습니다.

어느 밤

사는 게 꼭 이렇지 않을까요? 조급할 것은 없지만, 밤은 도로 깊어지고 이 길이 어디로 이어지는 지도 확실하지 않은 그런 길위에서 보내는 한 세상. 그렇더라도 가는 데까지 가노라면 그나마 달빛이 있어서 길을 잃지는 않을 수 있을지도 모릅니다.

曹雲 (조운)

石榴 (석류)

투박한 나의 얼굴
두툴한 나의 입술

알알이 붉은 뜻을
내가 어이 이르리까

보소라 임아 보소라
빠개 젖힌
이 가슴.

석류의 외모와 내면을 잘 그린 시조입니다. 석류의 붉은 속을 붉은 뜻이라고 했습니다. 그것을 드러내기 위해 가슴을 빠개 젖혔다고 했습니다. 시는 이렇게 객관적인 사물에 시인의 주관적인 심정을 얹어놓는 것입니다. 그러나 그 '붉은 뜻'이며 '임'은 읽는 사람의 마음에서 다시 재해석됩니다.

2. 碧紗窓(벽사창)이 어른어른커늘

임을 기다리는 사람의 마음을 그린 시조들입니다.
벽사창이 어른거리는 그림자를 임 그림자로만 여기는
안타까운 마음들을 모았습니다.

黃眞伊 (황진이)

동지달 기나긴 밤을
한 허리를 베어내어
춘풍 이불 아래
서리서리 넣었다가
어른 님 오신 날 밤이어든
구비구비 펴리라

긴 겨울 밤의 한 중간을 잘라내 잘 두었다가 님이 오시는 짧은 봄 밤에 이어붙이겠다는 생각은 그 생각만으로도 우리를 가슴 설레게 합니다. 이어붙인 겨울 밤은 '구비구비' 펴집니다. 긴 시간만큼 사연도 늘어납니다. 이 시조를 읽고, 그 어느 봄 황진이의 님이 되어보고 싶지 않은 사람이 있을까요?

黃眞伊 (황진이)

어져 내 일이여
그릴 줄을 모르더냐
이시라 하더면 가랴마는
제 구태여
보내고 그리는 情은
나도 몰라 하노라

산은 옛 산이로되
물은 옛 물이 아니로다
晝夜(주야)에 흐르니
옛 물이 있을소냐
人傑(인걸)도 물과 같도다
가고 아니 오노매라

황 진이를 안타깝게 했던 사람들은 누구였을까요? 어떤 사람
은 물처럼 가고 안 오고, 어떤 사람은 황진이 자신이 보내고 그

리워했을까요? 일설에는 개성의 유학자였던 화담 서경덕을 황진이가 유혹했으나 넘어가지 않았고 그 이후 화담선생을 존경하며 그리워했다는 말이 있습니다. 마침 화담선생의 다음과 같은 시조가 남아 있어서 그 이야기가 그럴듯하게 들립니다.

徐敬德 (서경덕)

마음이 어린 후니 하는 일이 다 어리다
萬重 雲山(만중운산)에 어느 님이 오리마는
지는 잎 부는 바람에 행여 긘가 하노라

이름 높은 스님인 지족선사를 파계시킨 황진이의 다음 목표였던 화담 서경덕 선생. 그러나 선생은 황진이의 유혹에 넘어가지 않았습니다. 그렇지만 그의 마음이라고 왜 떨리고 흔들리지 않았겠습니까? 그 마음을 노래한 것이 이 시조라고 합니다. 화담 선생은 더 높은 존경을 오랜 훗날까지 받았습니다.

어리다 ; 어리석다
만중운산 ; 구름이 겹겹으로 쌓인 깊은 산

林悌 (임 제)

청초 우거진 골에 자는가 누웠는가
紅顔(홍안)은 어디두고 白骨(백골)만 묻혔는가
잔 잡아 권할 이 없으니 그를 슬퍼하노라

이 시조는 임제가 평안도사로 부임하던 길에, 전에 송순의
잔치자리에서 만난 일이 있는 황진이를 찾았으나, 이미 죽은 후
여서 그녀의 무덤에서 읊은 것이라 합니다. 이로 인해 임제는
파직되었다 합니다. 관리가 부임길에 기생 무덤을 찾아 술을 치
고 슬퍼했다는 것이 파직 사유가 된 조선 사회는 그만큼 명분을
중시한 것입니다. 임제는 호방한 사람이라 살아가면서 별로 거
리낄 것이 없었던 사람입니다. 황진이를 못만난 것이 그깟 벼슬
한자리 하는 것보다 더 안타까웠을 것입니다.

無名氏 (무명씨)

인간에 사자 하니 이별 잦아 못살겠네
수루룩 솟아 올라 천상에나 가려 하니
거기도 牽牛 織女(견우직녀) 있으니 갈동말동 하여라

시조의 매력 중 하나가 짧은 형식에 담는 기발한 생각입니다. 이별 잦아 못살겠는 인간 세계를 하직하겠다는 말은 참 무거운 말입니다. 그런데 결국은 하직하지 못하겠다는 것입니다. 그곳에도 견우 직녀와 같이 이별이 없을리 없다는 것입니다. 그러니 어쩌겠습니까? 그냥 이승에 살면서 잦은 이별을 감당하면서 살겠다는 것이지요. 잦은 이별이라니, 결국은 잦은 사랑을 하며 살겠다는 말이 되는가요?

無名氏 (무명씨)

꿈으로 차사를 삼아 먼 데 님 오게하면
비록 千里라도 순식간에 오련마는
그 님도 님 둔 님이니 올동말동 하여라

꿈이 날 위하여 먼 데 님 데려와늘
탐탐이 반가이 여겨 잠을 깨어 일어나보니
그 님이 성내여 간지 긔도망도 없더라

이런 간절함을 가진 사람을 위해 무엇을 해 줄 수 있을까요? 꿈 밖에는 님을 데려올 길이 없는 사람들. 그런데 한 사람은 꿈이 깨니 님이 없어진 것을 알고 실망하고 있습니다만, 다른 한 사람은 아예 꿈에서도 님을 보지도 못합니다. 그 님도 님 둔 님이니, 내 꿈에 오기를 기대하기도 어렵다는 것입니다. 님 둔 님을 사랑해야 하는 안타까움이 잘 드러나 있습니다.

無名氏 (무명씨)

잊자 하니 情(정) 아니오 못 잊으니 病(병)이로다
긴 탄식 한 소리에 속 썩은 물 눈에 가득
정녕이 나 혼자 이럴진대 그려 무엇하리요

無名氏 (무명씨)

살아 그려야 옳으랴 죽어 잊어야 옳으랴
살아 그리기도 어렵고 죽어 잊기도 어렵다
죽어도 잊기 어려우니 살아두고 보리라

이 사람도 짝사랑에 병 든 사람입니다. 그 눈에 흘러내리는 눈물은 가슴 속이 썩은 물입니다. 자기 자신도 그러고 싶지 않습니다. 혼자 이렇게 속 썩을 때 당장이라도 그만 두고 싶습니다. 그러나 그것도 마음대로 되지 않는 것입니다. 잊고 싶지만 못 잊어서 병이 되는 사랑 이야기는 어느 시대에나 있었던 모양입니다.

無名氏 (무명씨)

사랑 사랑 긴긴 사랑 개천같이 내내 사랑
구만리 장공에 넌츠러지고 남는 사랑
아마도 이 님의 사랑은 가 없은가 하노라

사랑이 어떻더냐 둥글더냐 모지더냐
길더냐 짜르더냐 발일러냐 자일러냐
각별이 긴 줄은 모르되 끝 간 데를 몰라라

발과 자는 길이를 재는 단위입니다. 여기 보이는 사랑은 부럽습니다. 가 없고 끝 간 데를 모릅니다. 넌츠러지고도 남는 사랑을 하는 사람은 행복한 사람입니다. 이들 노래는 사랑이라는 감정이 도덕적인 선함의 경지에까지 연결될 수도 있다는 생각을 하게 합니다. 남에게 피해를 주지 않고 잘 사는 것이 善(선)이라면 이런 삶은 선한 삶입니다.

無名氏 (무명씨)

두 눈에 고인 눈물 진주나 될 양이면
청실 홍실 길게 꿰어 님께 한 끝 보내련만
거두지 미처 못하여 사라짐을 어이리

두고 가는 이별, 보내는 내 안도 있네
알뜰이 그리울 제 구곡간장 썩을로다
저 님아 헤아려보소라 아니 가든 못할소냐

그러나 넌츠러지고도 남는 사랑을 갖는 사람은 참으로 드문 것 같습니다. 다시 우리는 사랑 끝의 이별을 맞고 속 썩은 물을 한없이 흘리는 사람을 봅니다. '보내는 내 안'과 '진주가 아닌 내 눈물'은 같은 것입니다. 님에게 보여줄 수도 없고 보내줄 수도 없습니다.

無名氏 (무명씨)

蓮(연) 심어 실을 뽑아 긴 노 비벼 걸었다가
사랑이 그쳐 갈 때 찬찬 감아 매오리다
우리는 마음으로 맺었으니 그칠 줄이 있으랴

無名氏 (무명씨)

내 사랑 남 주지 말고 남의 사랑 탐치 마소
우리 두 사랑에 행여 잡사랑 섞일세라
우리는 이 사랑 가지고 百年同住(백년동주)하리라

사랑에 대한 노래는 무명씨의 것이 많습니다. 거의 대부분입니다. 정철의 시조에 님이 나오기는 하지만 그것은 임금을 가리키는 것입니다. 여기서 보는 것처럼 순수한 사랑에의 동경과 열망, 이별에의 안타까움과 절망을 우리 모두의 일로 그려낸 것은 양반 사대부들이 아닐 수 있습니다. 이런 순수한 마음을 天機(천기) 또는 天眞(천진)이라고 했습니다. 이런 것은 꾸며서 되는 것이 아니기에 양반들의 한시보다도 더 귀하다고 김만중 같은 사람이 말한 바 있습니다.

無名氏 (무명씨)

마음이 咫尺이면 千里라도 지척이요
마음이 천리오면 지척도 천리로다
우리는 각재천리오나 지척인가 하노라

이 시의 자아는 객관적 세계를 자기 식으로 인식합니다. 천
리를 지척으로 만드는 것입니다. 그것은 자아의 情(정)입니다.
그리고 이 시조는 그러한 인간의 정을 전폭적으로 긍정하자는
것입니다. 객관세계에 따르면 천리는 천리일 뿐 지척이 되지 않
습니다. 그러나 그래서는 자아의 사랑이 이루어질 수 없습니다.
자아는 자신의 사랑을 이루기 위해 세계를 자기식으로 해석합
니다. 그것이 나쁘다고 할 수 없습니다.

各在千里 ; 각각 천리나 떨어져 있음

無名氏 (무명씨)

님 그려 깊이 든 병을 어이하여 고쳐 낼꼬
의원 청하여 약을 쓰며 소경에게 푸닥거리 하며
무당 불러 당즑닭기한들 이 모진 병이 나을소냐
아마도 그리던 님 만나면 고대 좋을까 하노라

님을 만나야 병이 낫는데 님을 만나지 못하게 하는 것이 세계입니다. 세계는 님 자신이거나 만남을 방해하는 상황일 수 있습니다. 세계는 내가 아닌 다른 것이므로 언제든지 나와 대립하고 갈등을 일으킬 수 있습니다. 그 갈등을 넘어서 님과의 화합을 바라는 것이 이들 시조의 목적입니다.

無名氏 (무명씨)

雪月(설월)이 뜰 가득한데 바람아 불지 마라
예리성 아닌 줄을 판연히 알건마는
그립고 아쉬운 마음에 행여 그인가 하노라

예 예리성은 신발 끌리는 소리입니다. 님이 오는 발소리가 아닌 줄 알지만 그렇게 느끼고 싶은 것입니다. 이 시에서도 자아의 바람과 오지 않는 님의 대립이 있습니다. 자아의 바람대로 되지 않기에 세상살이는 어렵고 고통스럽습니다. 그 고통을 말로 풀어낸 것이 시입니다.

열 구름 ; 지나가는 구름
우일 번 ; 웃길 뻔
마초아 ; 때마침

無名氏 (무명씨)

창 밖이 어른어른하거늘 님만 여겨 펄떡 뛰어 뚝 나가보니
님은 아니 오고 어스름 달빛에 열 구름 날 속였고나
마초아 밤일세망정 행여 낮이런들 남 우일 번 하여라

無名氏 (무명씨)

벽사창이 어른어른커늘 님만 여겨 나가보니
님은 아니 오고 명월이 만정한데 벽오동 젖은 잎에 봉황
이 내려와 깃다듬는 그림자로다
모쳐라 밤일세망정 행여 낮이런들 남 웃길뻔 하괘라

이 시조도 앞의 시조와 발상은 같습니다. 하지만 님을 기다
리는 마음과 오지 않아 실망하는 마음이 더 구체적으로 드러나
있습니다. 님이 온 줄 알고 펄떡 뛰어 나간 모습과 아닌 걸 알고
실망하면서 혹시 남이 봤나 해서 좌우를 돌아보는 모습이 더없
이 잘 그려져 있습니다.

桂娘 (계랑)

梨花雨 흩뿌릴 제 울며 잡고 이별한 님
秋風落葉(추풍낙엽)에 저도 날 생각는가
천리에 외로운 꿈은 오락가락 하누나

계랑은 조선 명종 때 전라도 부안지방의 유명한 기생이었습니다. 노래와 거문고, 한시에 능했다고 합니다. 촌은 유희경과 정이 깊었는데 촌은이 서울로 가버린 후 소식이 없어서 이 노래를 지었다고 합니다.

이화우 ; 배꽃이 떨어져 날려 비오듯 함

金尙容 (김상용)

사랑 거짓말이 님 날 사랑 거짓말이
꿈에 와 뵌단말이 긔 더욱 거짓말이
나같이 잠 아니 오면 어느 꿈에 뵈리오

이것은 하나의 아이러니입니다. 꿈 속에서나마 님을 보려 잠
을 자고 싶은데, 님이 너무 보고 싶어서 잠도 오지 않으니 꿈 속
에서도 님을 볼 수가 없다는 것입니다.

지은이는 형조판서를 지낸 사대부이고 병자호란 때 강화성이
함락되자 자결했다 하는데, 이런 시는 지은이와 관계없이 읽는
것이 오히려 시를 시답게 읽는 방법이 될 것입니다.

無名氏 (무명씨)

내 가슴 쓸어만져 보소 살 한 점 전혀 없네
굶든 아니하되 자연히 그러하네
저 님아 널로 든 병이니 네 고칠가 하노라

無名氏 (무명씨)

우리 둘이 後生(후생)하여 너 나 되고 나 너 되어
내 너 그리워 끊던 애를 너도 날 그리워 끊어보렴
평생에 내 서러워한 것을 돌려 볼까 하노라

사랑은 애절하고 안타깝기도 하지만, 병이 되어 버리기도 합니다. 그리움에 타 버려 가슴엔 살 한 점이 없고 창자는 끊어진다는 것입니다. 다음 세상에 나서는 네가 내가 되고 내가 네가 되어 입장이 바뀌었으면 좋겠다는 화자의 원망을 알면 그 임도 마음을 돌릴 것 같습니다.

無名氏 (무명씨)

바람도 쉬어 넘는 고개 구름이라도 쉬어 넘는 고개

산진이 수진이 해동청 보라매라도 다 쉬어 넘는 고봉 장성령 고개

그 너머 님이 왔다 하면 나는 아니 한번도 쉬어 넘으리라

복거일의 『碑銘(비명)을 찾아서』라는 소설에는 주인공이 이 시조를 소개하고 이렇게 말하고 있습니다. '이 시조를 지은 사람은 어떤 사람이었을까? 이름도, 살았던 때도, 이렇게 큰 감동을 주는 작품을 쓰게된 사연도 함께 잊혀진 사람,⋯ 그는 서글픔과 그리움이 뒤엉켜 휘몰아치는 가슴으로 다시 그 시를 소리내어 읽어보았다. 가슴을 가득 채운 감동의 한구석에 아쉬운 느낌이 어렸다.' 그 아쉬움은 이 시조를 조선어로 읽지 못한다는 것이었습니다. 그래서 조선어를 모르던 조선인인 주인공은 이 시를 조선어로 읽기 위해 조선어를 공부하기 시작합니다. 이 시조를 읽고 있으면 충분히 그럴 가치가 있다는 생각이 듭니다.

無名氏 (무명씨)

　귀뚜리 저 귀뚜리 어여쁘다 저 귀뚜리

　어인 귀뚜리 지는 달 새는 밤에 긴 소리 짜른 소리 절절
이 슬픈 소리

　제 혼자 울어녜어 사창 여읜 잠을 살뜰이도 깨오는고야

　두어라 제 비록 미물이나 무인동방에 내 뜻 알 리는 너
뿐인가 하노라

無名氏 (무명씨)

개를 여나믄이나 기르되 요 개같이 얄미오랴

미온 님 오게 되면 꼬리를 회회 치며 치뛰락 나리뛰락 반겨서 내닫고

고온 님 오게 되면 뒷발을 바등바등 무로락 나오락 캉캉 짖는 요 도리 암캐

쉰 밥이 그릇그릇 날진들 너 먹일 줄이 있으랴

이 두 시조 모두 동물에 자기 뜻을 가탁했습니다. 그러나 귀뚜리는 자기 뜻을 알 것 같지 않은데 안다고 했고, 암캐는 자기 뜻을 알 것 같은데 알아주지 않습니다. 위안과 실망의 대조가 재미있습니다.

無名氏 (무명씨)

편지야 너 오느냐 네 임자는 못오드냐
장안 도상 넓은 길에 오고 가기 너뿐이냐
이후란 너 오지 말고 네 임자만 ────*

無名氏 (무명씨)

한 자 쓰고 눈물 지고 두 자 쓰고 한숨 지니
字 字 行 行이 水墨 山水가 되었고나
저님아 울며 쓴 편지니 눌러 볼가 하노라

──────* 부분은 옛날에 시조를 부를 때 마지막 구는 생략되
는 수가 있었습니다.

둘 다 편지에 대한 시조입니다. 위의 것은 받은 편지이고 아래 것은 보내는 편지입니다. 받은 편지는 편지만 오고 님은 오지 않아서 안타깝고, 보내는 편지는 눈물이 흘러 글씨가 망가졌습니다. 그러나 받은 편지도 사실은 글씨가 망가져 수묵 산수가되었을 것이고, 보내는 편지도 받은 사람에게는 편지만 와서 서운한 것일지 모르겠습니다.

無名氏 (무명씨)

　나무도 바위돌도 없는 산에 매에 쫓기는 까투리 안과

　대천 바다 한가운데 일천석 실은 대중선이 노도 잃고 닻도 잃고 돛대줄도 끊어지고 돛대도 꺾어지고 키도 빠지고 바람불어 물결 치고 안개 뒤섞여 잦아진 날에 갈 길은 천리 만리 남고 사면이 거머어둑 천지 적막 까치노을 떴는데 수적 만난 도사공의 안과

　엊그제 님 여읜 내 안이야 엇다가 가늠을 하리오

이런 시조는 사설시조의 정격입니다. 중장에서 여러 사물을 주워삼켜서 감정을 정점을 향해 몰아가게 하는 것입니다. 이렇게 사설이 길어져서 사설시조라고 합니다. 그 다급한 상황을 여러 층으로 몰아간 뒤에 임 여읜 자신의 마음을 비교합니다. 객관적으로야 바다에서 죽게 된 것이 훨씬 더 심각한 상황이지만 임을 여읜 화자의 마음은 오히려 제 편이 더 위급한 상황입니다. 목숨을 잃는 것보다 더 허망한 사랑의 이별 앞에 할 말을 잃습니다.

無名氏 (무명씨)

그려 병드는 재미 병들다가 만나는 재미
만나 즐기다가 떠나는 재미
평생에 이 재미 없으면 무슨 재미

無名氏 (무명씨)

수박같이 둥근 님아 참외같이 단 말씀 마소
가지가지 하시는 말이 말마다 왼말이로다
구시월 씨동아같이 속 성긴 말 하지마소

無名氏 (무명씨)

百草(백초)를 다 심어도 대(竹)는 아니 심으리라
젓대는 울고 살대는 가고 그리나니 붓대로다
구태여 울고 가고 그리는 대를 심어 무엇하리오

이 들 시조들도 마찬가지로 언어유희의 시조들입니다. 그러
나 단순한 말장난이 아니라 그 내용과 잘 맞는 유희여서 더욱
기억에 남습니다.

無名氏 (무명씨)

하늘 천 따 지 터에 집 우 집 주 집을 짓고
날 일 자 영창문을 달 월 자로 걸어두고
밤중만 정든 임 모시고 별 진 잘 숙

無名氏 (무명씨)

우레같이 소리난 님을 번개같이 번쩍 만나
비같이 오락가락 구름같이 헤어지니
가슴에 바람같은 한숨이 나서 안개피듯 하여라

이 들 시조는 말 장난, 좋게 말하면 언어유희를 보이는 시조입니다. 언어는 그 자체로 놀이가 될 수 있고 비슷한 말을 반복해 사용하는 데서 즐거움을 느끼게 됩니다. 어린 시절부터 재미난 말을 들으면 깔깔대며 웃었듯이 어른이 되어서도 말에 리듬이 붙고 반복이 주는 즐거움은 사라지지 않습니다.

無名氏 (무명씨)

사람이 사람을 그려 사람이 병이 드니
사람이 얼마나 사람이면 사람 하나 병들이랴
사람이 사람 병들이는 사람은 사람 아닌 사람

無名氏 (무명씨)

나 보기 좋다 하고 남의 님을 매양 보랴
한 열흘 두 닷새에 여드레만 보고지고
그달도 서른 날이면 또 이틀을 보리라

無名氏 (무명씨)

님이 오마하거늘 저녁 밥을 일지어 먹고

중문 나서 대문 나가 문지방 위에 치달아 앉아 손으로 이마 짚고

오는가 가는가 건넌山 바라보니 검은듯 흰 것 서 있거늘

져야 님이로다 버선 벗어 품에 품고 신 벗어 손에 쥐고

곰배님배 님배곰배 천방지방 지방천방 진 데 마른 데 가리지 말고

워렁충창 건너가서 情옛말 하려하고 겻눈을 흘낏 보니

작년 칠월 사흘날 깎아 벗긴 삼대 줄기 살뜰이도 날 속였구나

모쳐라 밤일세망정 행여 낮이런들 남 우일 뻔 하여라

일지어 ; 일찍 지어
우이다 ; 웃기다

無名氏 (무명씨)

어디 자고 여기를 왔노 평양 자고 여기 왔네
임진 대동강을 누구누구 배로 건너 왔노
선가는 많더라만은 女妓(여기) 배로 건너 왔네

이 뒤의 몇 편은 이른바 외설스러운 내용의 시조들입니다.
시조에는 퇴계 이황 선생의 것과 같은 도학적인 내용이 있는 하
면 그 반대의 극에는 이와 같은 외설스럽게 놀고 즐기는 내용도
있습니다. 이 두가지가 서로 대립적이지만 사실은 어느 한쪽으
로만 살아가는 것은 아닙니다. 이 둘이 다르지만 결국은 같은
것임을 알 때 조선조 시조를 전체적으로 이해할 수 있습니다.

無名氏 (무명씨)

    반여든에 첫계집을 하니 어렷두렷 우벅주벅

    죽을뻔 살뻔 하다가 와당탕 드리다라 이리저리 하니 노
도령의 마음 흥글항글

    진실로 이 재미 알았던들 길 적부터 할랐다

無名氏 (무명씨)

    중놈도 사람인양하여 자고 가니 그리워라

    중의 송낙 나 베고 내 족두리 중놈 베고 중의 장삼 나 덮
고 내 치마란 중놈 덮고 자다가 깨달으니 둘의 사랑이 송낙
으로 하나 족두리로 하나

    이튿날 하던 일 생각하니 흥글항글 하여라

無名氏 (무명씨)

간밤에 자고 간 그놈 아마도 못 잊으리

기와장이 아들인지 진흙에 뽐내듯이 두더지 자식인지 곳
곳을 뒤지듯이 사공의 솜씨인지 사앗대 질으듯이 평생에
처음이요 가슴속이 야릇해라

전후에 나도 무던히 겪었으되 참 맹서하지 간밤 그놈은
차마 못 잊을까 하노라

無名氏 (무명씨)

　내 아니 이르랴 네 남편한테

　거짓으로 물긷는 체하고 통은 내려 우물앞에 놓고 또아
리 벗어 통조지에 걸고 건넌집 작은 김서방을 눈짓으로 불
러내여 두 손목 마조 덥석 쥐고 수근수근 말하다가 삼밭으
로 들어가셔 무슨일 하던지 잔삼은 쓰러지고 굵은 삼대 끗
만 남아 우즑우즑 하더라 하고 내 아니 이르랴 네 남편에게

　저 아이 입이 보드라와 거짓말 말아스라 우리는 마을 지
어미라 실삼 조금 캤더니라

3. 興亡(흥망)이 有數(유수)하니

시조는 고려가 망하고 조선이 세워질 무렵 나타났습니다.
그래서인지 고려조에 대한 회고의 노래가 여럿 됩니다.
사라진 고려에 대한 회고와 지금 왕조에 대한 충성,
훌륭한 인물에 대한 추모를 노래한 선비들의 마음입니다.

鄭夢周 (정몽주)

이 몸이 죽어 죽어
일백 번 고쳐 죽어
白骨(백골)이 塵土(진토)되어
넋이라도 있고 없고
님 향한 一片丹心(일편단심)이야
가실 줄이 있으랴

이 이 시조는 널리 알려졌다시피 이성계의 아들 방원이 포은
의 의중을 떠보기 위해 지었다는 다음 시조의 답가라 합니다.

이런들 어떠하며 저런들 어떠하리
만수산 드렁칡이 얽혀진들 어떠하리
우리도 이같이 얽혀져 百年까지 누리리라

그렇게 얽혀져 백년을 누리지 않겠다는 답가를 했기에 정몽주는 개성 선죽교에서 방원이 보낸 무뢰한에 의해 척살되었습니다. 선죽교에는 그 때 흘린 정몽주의 핏자국이 남아 있다 합니다.

邊安烈 (변안렬)

가슴에 구멍을 둥그렇게 뚫고

왼새끼줄을 눈길게 너슷너슷 꼬아

그 구멍에 그 새끼줄 넣고

두 놈이 두 끗 마주잡아

이리로 훌근 저리로 훌근 훌근훌근할 적에

그 고통은 아무려나 견디려니와

아마도 님 헤어져 살라면

그는 그리 못하리라

이 노래는 널리 알려지지는 않았지만, 변안렬이라는 분의 시조입니다. 『대은실기』라는 책에 따르면, 고려말 이방원의 〈하여가〉에 대해 정몽주가 〈단심가〉를 부르고 난 후, 이어서 대은 변안렬이 이 노래를 불렀다고 합니다. 이 노래는 흔히 〈不屈歌〉라고 합니다.

元天錫 (원천석)

興亡(흥망)이 有數(유수)하니
滿月臺(만월대)도 秋草(추초)로다
五百年(오백년) 王業(왕업)이
牧笛(목적)에 부쳤으니
夕陽(석양)에 지나는 客(객)이
눈물겨워 하노라

원 천석은 태조 이성계의 스승이라고 합니다. 이성계가 건국
한 후 여러차례 모시려 했으나 강원도 원주에 살면서 서울로 올
라오지 않았다 합니다. 그는 아무래도 고려왕조에 대한 충성을
바꿀 수는 없었던 것이겠지요. 그러나 고려왕조가 부패하고 무
능했다는 점도 알고 있었기에 조선의 건국을 무조건 배척할 수
는 없었습니다. 그는 결국 자신은 고려에 끝까지 마음을 주고
대신 다른 제자들은 새 왕조인 조선에 나아가 일을 하도록 했다
고 합니다. 폐허가 된 왕도를 생각하며 눈물짓는 것은 그의 충
정이 남아있기 때문일 것입니다.

有數 ; 운수가 있음　　　　秋草 ; 가을되어 시든 풀
牧笛 ; 소먹이는 아이들이 부는 피리소리

鄭道傳 (정도전)

五百年 都邑地(도읍지)를
匹馬(필마)로 돌아드니
山川은 依舊(의구)하되
人傑(인걸)은 간 데 없다
어즈버 太平烟月(태평연월)이
꿈이런가 하노라

같은 오백년 도읍지를 앞에 두고, 원천석 시조가 '석양에 눈물 겨워' 하는 것과 정도전이 과거의 '태평연월은 꿈이' 었다고 하는 것의 대조가 흥미롭게 읽힙니다. 과연 정도전은 과거의 꿈은 빨리 잊고 새로운 나라의 기틀을 세우는 일에 힘썼습니다. 도성의 체재를 정비하고 법을 완성하고 북벌을 계획했습니다마는 방원에게 걸려 횡사하고 말았습니다.

成三問 (성삼문)

首陽山(수양산) 바라보며
夷齊(이제)를 恨(한)하노라
주려 죽을진들 採薇(채미)도 하는 건가
아모리 푸새엣것인들
긔 뉘 땅에 났더니

이 몸이 죽어가서 무엇이 될꼬 하니
蓬萊山(봉래산) 第一峯(제일봉)에
落落長松(낙락장송) 되어있어
白雪(백설)이 滿乾坤(만건곤)할 제
獨也靑靑(독야청청) 하리라

봉래산 ; 신선들이 산다는 상상 속의 산
滿乾坤 ; 하늘에서 땅까지 온세상에 가득함
獨也靑靑 ; 홀로 푸르고 푸르다

夷齊는 백이숙제이고 採薇는 고사리를 캐기입니다. 주 문왕을 피해 산에 사는 백이숙제에게 그 산의 고사리는 왕의 것이 아니냐고 했더니 고사리도 먹지 않고 굶어죽었다고 합니다. 수양대군을 바라보며 수양산에서 고사리를 캐먹은 이제를 원망하는 뜻은 성삼문은 수양대군의 것이라면 고사리 한 조각도 먹지 않겠다는 뜻으로 볼 수 있습니다. 결국 성삼문은 수양 앞에서 죽임을 당하고 말았습니다.

그 다음 시조는 그의 절개를 웅변으로 보여주는 시조라 하겠습니다.

李塏 (이 개)

방 안에 혔는 촛불
눌과 離別(이별)하였관대
겉으로 눈물지고
속타는 줄 모르는고
우리도 저 촛불같아서
속 타는 줄 몰라라

이 개 또한 성삼문과 함께 수양대군이 뺏은 단종의 임금자리를 되찾아주려 하다가 죽게 되었습니다. 이 시는 단종을 생각하며 지은 것입니다.

혔는 촛불 ; 타는 촛불
눌과 ; 누구와

王邦衍 (왕방연)

千萬里 머나먼 길에

고운 님 여의옵고

내 마음

둘 데 없어

냇가에

앉아시니

저 물도

내 안 같아야

울어 밤길 예놋다

왕방연은 단종이 결국 강원도 영월땅으로 유배갈 때 호위한
의금부도사였습니다. 그는 단종이 억울하게 귀양살이 가는 것
을 몹시 괴로워했습니다. 단종을 보내고 돌아오는 길에서 이 시
조를 지었다 합니다. 지금 영월 청령포 단종의 유배지였던 곳에
는 이 시조가 돌에 새겨져 있습니다. 밤에 가서 그가 듣던 바로
그 물소리를 들으면 이 시조가 새삼스럽게 마음을 울립니다.

李恒福 (이항복)

鐵嶺(철령) 높은 봉에 쉬어 넘는 저 구름아
孤臣寃淚(고신원루)를 비 삼아 띄워다가
님계신 九重深處(구중심처)에 뿌려본들 어떠리

이 시조는 광해군이 이복 동생인 영창대군을 강화에서 죽인
후 영창의 어머니인 인목대비를 庶人으로 만들려 하자 이항복
이 이를 극력 반대하다가 함경도 북청으로 귀양가면서 지은 시
조입니다. 그는 결국 63세 나이로 북청에서 별세하고 말았습니
다. 나중에 宮人들이 이 노래를 부르는 것을 들은 광해군이 누
구의 노래냐고 묻고, 이항복의 노래라는 것을 알자 기뻐하지 않
았다고도 하고 추연히 눈물을 흘렸다고도 합니다.

철령 ; 강원도 회양에서 함경도 안변으로 넘어가는 고개
고신원루 ; 임금을 떠나는 신하의 원통한 눈물
구중심처 ; 대궐. 문이 아홉겹으로 되어 있어 부르는 이름

孝宗 (효종)

청석령 지나거냐 초하구는 어디메오
胡風(호풍)도 참도찰샤 궂은 비는 무슨 일
뉘라서 내 行色(행색) 그려내어 님 계신데 드릴고

호풍은 北風 곧 오랑캐 땅에서 불어오는 바람입니다. 청석령
이며 초하구는 만주로 가는 길에 있는 지명이랍니다. 효종이
왕자일 당시 병자호란에 패해 형과 함께 청나라 심양에 인질로
끌려갈 때 지은 시조입니다. 뒷날 귀국해 왕이 된 효종은 北伐
(북벌)을 계획했으나 부질없는 짓이었으니, 이 일은 후인으로
하여금 많은 생각을 하게 합니다.

崔南善 (최남선)

만월대에서

옛사람 일들 없어
예 와 눈물 뿌렸단다

天地도 엎이거니
王業이란 무엇이니

석양의 만월대터를
웃고 지나 가노라

원 천석과 길재와 정도전 등 여말선초에 살던 지식인들이 고려의 수도였던 개성을 찾아가 회고의 시조를 읊은 일이 있습니다만, 조선왕조도 망한 이제 육당이 굳이 개성을 찾아가 만월대터를 웃고 지나간 이유는 무엇일까요? 시대에 뒤떨어진 왕조에 대한 부정이었을까요?

鄭寅普 (정인보)

故 龍雲堂 大師를 생각하고

風蘭花(풍란화) 매운 향내 당신에야 견줄손가
이 날에 님 계시면 별도 아니 더 빛날까
佛土(불토)가 이 외 없으니 魂(혼)아 돌아오소서

용운당 대사는 물론 만해 한용운입니다. 위당이나 만해나 조
국의 독립을 위해 삶을 바친 사람들입니다. 특히 만해는 다른
지식인들과 달리 일제가 오래 끌어도 한번도 타협이나 변절이
없었던 사람입니다. 그런 만해가 독립을 한해 남기고 서거했습
니다. 위당은 그 슬픔에 별이 빛을 잃었다고 생각하고 혼이라도
떠나지 말기를 간절히 바랐습니다.

4. 秋江(추강)에 밤이 드니

자연에 흥이 더해지거나, 술과 놀이를 즐기는 일이
삶에 활력이 되기도 합니다.
그런 내용을 모아 '풍류' 라고 불러볼 수 있습니다.

月山大君 (월산대군)

秋江에 밤이 드니
물결이 차노매라
낚시 드리치니
고기 아니 무노매라
無心한 달빛만 싣고
빈 배 저어 오노라

월산대군은 성종의 형입니다. 왕이 되지 못한 것은 한명회의
책략이었습니다. 이제 권력으로부터 성큼 물러나 있다는 뜻을
보여야 했기에 그는 추강 즉 경기도 고양 행주산성 아래 흐르는
강가로 이거해 풍류를 벗삼아 조용히 살았습니다. 이 시조에서
'무심한' 이란 왕위에 욕심, 사심이 없다는 뜻으로 읽어도 될 것
입니다.

韓 濩 (한 호)

짚 방석 내지 마라 落葉(낙엽)엔들 못 앉으랴
솔불 켜지마라 어제 진 달 돋아 온다
아이야
薄酒山菜(박주산채)일망정
없다 말고 내여라

한 호는 천자문 글씨로 유명한 한석봉입니다. 떡장사를 하는
어머니 밑에서 엄한 훈계를 받으며 글씨 공부에 매진하여 명필
이 되었습니다. 박주산채는 막걸리와 산나물입니다. 어린 시절
의 가난이 어쩌면 이 시조에 보이는 소탈함과 연관이 될지도 모
르겠습니다.

宋 純 (송 순)

十年을 경영하여 초려 한간 지어내니
반 간은 淸風이요 반 간은 明月이라
靑山은 들일 데 없으니 둘러놓고 보리라

시 조문학을 놓고 볼 때 영남에 이황이 있었다면 호남에는 송
순이 있었습니다. 엄청난 욕심을 부리고 있는데 도저히 욕심이
라 볼 수 없는 자연에 대한 욕심을 읽고 있노라면 우리 마음 속
에도 같은 욕심이 생깁니다. 우리는 마음에 집을 짓고 반간은
명월이 반간은 청풍이 드나들도록 하면 좋을 것입니다.

鄭 鐵 (정 철)

將進酒辭(장진주사)

한 잔 먹세그려 또 한 잔 먹세그려
꽃 꺾어 산 놓고 무진무진 먹세그려

이 몸 죽은 후면
지게 위에 거적 덮어 주리어 매어 가나
流蘇寶帳(유소보장)에 만인이 울어 예나
어욱새 속새 덥가나무 백양 속에 가기 곧 가면
누른 해 흰 달 가는 비 굵은 눈 쓸쓸히 바람 불제
뉘 한 잔 먹자 할꼬

산 놓고 ; 마신 술의 잔 수를 꽃잎을 놓아 세면서
유소보장 ; 술 달린 비단으로 꾸민 상여
잔나비 파람 ; 원숭이 휘파람

하물며

무덤 위에 잔나비 파람 불 제

뉘우친 듯 어찌리

국문학사상 최초의 사설시조라고 알려져 있는 〈將進酒辭〉
(장진주사)입니다. 어욱새, 속새로부터 누른 해, 흰 달하며 주워
섬길 때 삶의 허망함이 눈덩이처럼 커집니다. 그래놓고는 자 술
한잔 먹자는 것입니다. 이 시를 읽고 술 한잔 마시지 않는 사람
은 삶을 모르는 사람이 되지 않을까 합니다.

李德馨 (이덕형)

달이 뚜렷하여 碧空(벽공)에 걸렸으니
萬古 風霜(만고풍상)에 떨어짐직 하다마는
지금에 醉客을 위하여 長照金樽(장조금준)하노라

벽공은 푸른 하늘이고 장조금준은 금 술잔에 오래도록 비치고 있다는 말입니다. 술 마시는 풍류가 이에서 더할 수 없을 것 같습니다. 허무해서 마시는 것이 아니라 대자연과 하나임을 확인하기 위해 마시는 것입니다.

趙纘韓 (조찬한)

가난을 팔려하고 權門(권문)에 들어가니
어이 없는 흥정을 뉘 먼저 하자 하리
江山과 風月을 달라 하니 그는 그리 못하리

지은이는 예조참의를 지냈으나 광해군의 정사가 광포해지자 경상도 상주로 자청해 나갔습니다. 서울에서 권력가에 붙어 영화를 꾀하다가 목숨을 부지하지 못하는 것보다 저 시골에서 맘 편히 사는 게 낫다는 말인 것 같은데, 그런 생각 없이 읽는 것이 오히려 더 좋게 읽힙니다.

申 欽 (신흠)

노래 삼긴 사람 시름도 하도 할샤
닐러 다 못 닐러 불러나 푸돗던가
진실로 풀릴 것이면 나도 불러 보리라

술 먹고 노는 일을 나도 윈줄 알건마는
신릉군 무덤 위에 밭가는 줄 못보신가
백년이 亦草草하니 아니 놀고 어찌하리

닐러 ; 일러
하도할샤 ; 많기도 많구나
푸돗던가 ; 풀었던가
역초초 ; 또한 빠르고 부질없음
신릉군 ; 위나라의 왕자였던 부자, 술병으로 죽었다 함

金堉 (김 육)

자네 집 술 익거든 부디 나를 부르시소
초당에 꽃 피거든 나도 자네를 청하옴세
백년덧 시름없을 일을 의논코져 하노라

누구나 부러워할만한 생활입니다. 동무가 있고 술이 있고 꽃
이 피고, 만나서 할 얘기들이 있고. 지은이는 재상까지 지낸 사
람이지만 이 시조에 보이는 그의 인품은 소탈하고 정겹습니다.

金昌業 (김창업)

벼슬을 저마다 하면
농부할 이 뉘 있으며

의원이 병 고치면
북망산이 저러하랴

아이야 잔만 부어라
내 뜻대로 하리라

북망산은 사람이 죽으면 간다는 산입니다. 원래 중국 낙양에
있는 산이름인데 한나라 이래 묘지로 썼기에 우리나라에서도
널리 사용되는 말입니다. 한 세상 살기 너무 큰 근심에 찌들지
말고 맘 편히 살자는 것도 세상 사는 한 방법인 것 같습니다.

安玟英 (안민영)

梅影(매영)이 부딪는 창에 玉人(옥인) 金釵(금차) 비꼈구
나
二三 白髮翁(백발옹)은 거문고와 노래로다
이윽고 盞(잔) 잡아 권할 제 달이 또한 오르더라

지은이는 서얼 출신으로 당시로서는 미천한 출신이었지만
가곡에 능해서 대원군의 후원을 크게 입고 풍류 넘치는 생활을
했습니다. 대원군을 위해 준 것과 기생에게 준 시조가 많은데,
이 시조는 풍류를 점잖게 노래하고 있습니다. 각 소재가 조화를
이루며 유기적인 구조를 보이는 것도 참 잘된 시조입니다.

無名氏 (무명씨)

술은 언제 나며 愁心(수심)은 언제 난고
술 난 후 수심인지 수심 난 후 술이 난지
아마도 술 곧 없으면 수심 풀기 어려워라

無名氏 (무명씨)

술을 취케 먹고 두렷이 앉았으니
억만 시름이 가노라 하직한다
아희야 잔 가득 부어라 시름 전송하리라

이 뒤로는 술에 대한 시조 몇 편을 실었습니다. 주로 무명씨의 것들입니다. 시름을 잊기 위해 술을 마신다는 내용이 많습니다. 잊어야 할 시름이 많은 사람은 그만큼 더 마시겠지요. 여하튼 소재는 유사하지만 표현이 달라 감칠맛 나는 작품들입니다. 이 시조들을 생각하면 술맛이 한층 각별해질 것으로 기대합니다.

無名氏 (무명씨)

이러니 저러니 말고 술만 먹고 보세그려
먹다가 취하거든 먹음은 채 잠을 드세
취하여 잠든듯이나 시름 잊자 하노라

無名氏 (무명씨)

술 먹지 말자터니 술이라서 제 따르니
먹는 내가 왼지 따르는 술이 왼지
잔 잡고 달에게 묻나니 누가 왼고 하노라

無名氏 (무명씨)

술아 너는 어이 달고도 쓰더니
먹으면 취하고 취하면 즐겁고야
인간의 번호한 시름을 다 풀어볼가 하노라

無名氏 (무명씨)

술 있으면 벗이 없고 벗이 오면 술이 없더니
오늘은 무슨 날고 술이 있자 벗이 왔네
두어라 둘 얻기 어려우니 終日醉(종일취)를 하리라

無名氏 (무명씨)

한 달 서른 날에 잔을 아니 놓았노라
팔 病(병)도 아니 들도 입 덧도 아니난다
매일에 병 없는 날이니 깨지 맒이 엇더리

無名氏 (무명씨)

술이 취하거든 깨지 말게 생기거나
님을 만나거든 이별 없게 생기거나
술 깨고 님 이별하니 그를 슬퍼하노라

無名氏 (무명씨)

술먹고 비걸을 적에 먹지말자 맹서러니
잔잡고 굽어보니 맹서함이 허사로다
두어라 취중 맹서를 일러 무엇하리오

無名氏 (무명씨)

술 먹지 마자 하고 중한 맹세 하였더니
잔 잡고 굽어보니 맹세 둥둥 술에 떳다
아이야 잔 가득 부어라 맹세풀이 하리라

아 래 시조의 중장을 '술 보고 안주 보니 웃음이 절로 난다'
로 읽는 사람도 있습니다. 그것도 재미있습니다. 그러고보면 시
조의 행들을 나름대로 고쳐 보는 것도 시조를 감상하는 좋은 방
법입니다.

비걸을 ; 비틀비틀 걸을

無名氏 (무명씨)

어화 나 죽거든 독만든 집 동산에 묻어
백골이 진토되어 술잔이나 만들고져
평생에 덜 먹은 술을 다시 담아 보리라

無名氏 (무명씨)

술을 내 즐기더냐 狂藥(광약)인줄 알건마는
一村 肝腸(일촌간장)에 萬 말 시름 실어두고
취하여 잠든 덧이나 시름 잊자 하노라

광약 ; 미치게 하는 약
말 ; 도량형, 열 되가 한 말, 약 18리터
덧 ; 때, 시간

無名氏 (무명씨)

오늘도 좋은 날이오 이 곳도 좋은 곳이
좋은 날 좋은 곳에 좋은 사람 만나있어
좋은 술 좋은 안주에 좋이 놀이 좋아라

이렇게 쉽고도 의미 있는 내용을 나타내기로는 시조만한 것
이 없을 듯 합니다. 같은 말이 계속 반복되어도 지루하지 않고
꼭 짜여진 형식이 있으니 방만해지지 않습니다.

無名氏 (무명씨)

낙양성 방춘시절에 초목군생이 다 절로 즐긴다
친구 五六과 동자 七八 거느리고
문수사 중흥사로 백운봉 오르니 하늘 문이 지척이라
북쪽에 둘러싼 삼각은 진국 무궁이요
장부의 흉금에 청운의 꿈이 생겨난다
은하수같은 폭포에 때 낀 갓끈을 씻은 후에
행화방초 석양길로 답청노래하고 가다 뒤다 태학으로 돌아오니
증점의 詠歸高風(영귀고풍)을 미쳐 본듯 하여라

'증'점의 영귀고풍'은 공자가 제자들에게 장래 바라는 바를 묻자, 증점이 친구 몇과 기수 물가에서 놀고 무우에서 맑은 바람을 쏘이다 노래부르며 돌아오겠다고 한 것입니다. 공자는 자기도 함께 가겠다고 했습니다.

5. 遊人(유인)은 오지 아니하고

조선조 학문의 대명사인 이황의 [도산십이곡]과
이이의 시조 [고산구곡가]입니다.
이들 시조는 자연을 노래하면서 그 이면에 학문의 의의와
즐거움을 함께 들려주고 싶어합니다.

李 滉 (이 황)

陶山十二曲(도산십이곡) | 前六曲 言志

1.
이런들 어떠하며
저런들 어떠하료
草野愚生(초야우생)이
이러타 어떠하료
하물며 泉石膏肓(천석고황)을
고쳐 무슴하료

연하 ; 노을
병 ; 천석고황의 자연 사랑하는 병
초야우생 ; 시골에 사는 어리석은 사람
천석고황 ; 자연을 사랑하는 병
무슴하료 ; 무엇하리오

2.

煙霞(연하)로 집을 삼고

風月(풍월)로 벗을 삼아

태평 성대에

病으로 늙어가네

이 중에 바라는 일은

허물이나 없고져

3.

淳風(순풍)이 죽었다하니 진실로 거짓말이

人性(인성)이 어질다하니 진실로 옳은말이

天下의 허다 英才를 속여 말씀할까

4.

幽蘭(유란)이 在谷(재곡)하니 자연히 듣기 좋아

白雲(백운)이 在山(재산)하니 자연히 보기 좋아

이 중에 彼美一人(피미일인)을 더욱 잊지 못해라

순풍 ; 순박한 풍조

듣기 좋다 ; 향기 맡기 좋다

피미일인 ; 저 아름다운 한 사람

5.

山前에 有臺(유대)하고 臺下(대하)에 流水로다

떼 많은 갈매기는 오명가명 하거든

엇더타 皎皎白駒(교교백구)는 멀리 마음 하는고

6.

春風(춘풍)에 花滿山(화만산)하고

秋夜(추야)에 月滿臺(월만대)라

四時 佳興(사시가흥)이 사람과 한가지라

하물며 魚躍鳶飛(연비어약) 雲影天光(운영천광)이야

어느 끝이 있을꼬

교교백구 ; 흰 망아지. 자신의 마음을 가리킨다고 볼 수 있음
마음하다 ; 마음을 두다
화만산 ; 꽃이 산에 가득
월만대 ; 달빛이 정자 또는 바위 위에 가득
어약연비 ; 고기가 뛰고 소리개가 날음. 천지 조화의 묘함을 말함
운영천광 ; 구름 그림자와 하늘 빛. 만물이 천성을 얻은 이치

<도 산십이곡〉은 왜 지었는가? 퇴계 자신이 그 이유를 밝힌 바 있습니다. 우리 동방의 노래들이 음란하거나 감정을 지나치게 쏟아붓거나 자기를 자랑하는 듯한 노래와 또 세상을 희롱하는 노래가 많아서 사람을 온유하게 하고 돈후하게 하는 보람을 얻지 못하게 하기 때문이라고 했습니다. 이 노래를 지어 부름으로써 마음의 비루함을 씻고 感發(감발)하고 融通(융통)하는 바가 있을 것이라고 하였습니다.

李 滉 (이 황)

陶山十二曲(도산십이곡) | 前六曲 言學

1.

천운대 돌아 들어 완락재 소쇄한데

萬卷 生涯(만권생애)로 낙사 무궁하여라

이 중에 往來風流(왕래풍류)를 일러 무엇하리오

2.

雷霆(뇌정)이 破山(파산)하여도 聾者(농자)는 못 듣나니

白日이 中天하여도 瞽者(고자)는 못보나니

우리는 耳目聰明男子로 聾瞽(농고)같지 말으리

소쇄 ; 기운이 맑고 깨끗함

만권생애로 ; 만권 책을 쌓아두고 독서로 보내는 생활

뇌정 ; 천둥

농고 ; 귀머거리와 장님

3.

古人도 날 못 보고

나도 古人 못 뵈

古人을 못 뵈도

녀던 길 앞에 있네

녀던 길 앞에 있거든

아니 녀고 어떨꼬

4.

당시에 녀던 길을 몇 해를 버려 두고

어디가 다니다가 이제야 돌아온고

이제야 돌아왔나니 년데 마음 말으리

5.

靑山은 어찌하여 萬古에 푸르르며

流水는 어찌하여 晝夜에 그치지 않는고

우리도 그치지 마라

萬古常靑 하리라

녀다 ; 가다, 다니다
년대 ; 딴 곳에
만고상청 ; 오랜 세월에도 변함없이 항상 푸르름

6.

愚夫도 알며 하거니 그 아니 쉬운가
聖人도 못다하시니 그 아니 어려운가
쉽거나 어렵거나 중에
늙는 줄을 몰라라

이황의 학문 세계는 일상 생활을 잘 하자는 것이니 참으로 쉬운 것이지만, 정말 잘 하기는 어려운 것이서서 성인일지라도 완벽할 수 없으니, 끊임없이 노력하지 않을 수 없습니다. 가령 가정 생활은 누구나 하는 것이지만 정말 잘 하기는 성인도 어려운 것입니다. 이 노래들은 여러번 반복해서 오래 읽어야 제 맛이 납니다.

우부 ; 어리석은 사람

李 珥 (이 이)

高山九曲歌(고산구곡가)

1.
高山九谷潭(고산구곡담)을 사람이 모르더니
誅茅卜居(주모복거)하니 벗님네 다 오신다
어즈버 武夷(무이)를 숭상하고 學朱子(학주자)를 하리라

율곡 이이는 송나라 주희의 〈무이구곡가〉를 본받아 이 시조
를 지었다 합니다. 그러나 해주 석담에 살면서 지은 이 시조는
완전히 우리말로 우리의 내용으로 완성된 훌륭한 시조입니다.
경치를 읊은 내용이 참 정갈한 느낌을 주지만 그 안에 들어 있
는 바 학문과 수양을 향한 선비의 정신과 마음은 거듭 되새겨볼
필요가 있습니다.

고산구곡담 ; 고산은 황해도 해주에 있는 산으로, 이이가 42세 때 이 산에
들어가 주자의 무이구곡을 본따 공부하며 이 시를 지음
주모복거 ; 풀을 베어내고 집을 지음
무이 ; 중국 복건성에 있는 산 이름.
학주자 ; 주자를 배움

2.

一曲은 어드메오 冠巖(관암)에 해 비친다

平蕪(평무)에 내 걷으니 遠山(원산)이 그림이로다

松間(송간)에 綠樽(녹준)을 놓고 벗 오는 양 보노라

3.

二曲은 어드메오 花巖(화암)에 春晩(춘만)커다

碧波(벽파)에 꽃을 띄워 野外(야외)로 보내노라

사람이 勝地(승지)를 모르니 알게 한들 어떠리

4.

三曲은 어드메오 翠屏(취병)에 잎 퍼졌다

綠樹(녹수)에 山鳥는 下上其音(하상기음) 하는 적에

盤松(반송)이 바람을 받으니 녀름 景(경)이 없어라

일곡 ; 고산 구곡 중 첫 골짜기
관암 ; 바위 이름, 갓바위
평무 ; 잡초 무성한 들판
내 걷으니 ; 안개가 걷히니
녹준 ; 푸른 술 병

5.

四曲(사곡)은 어드메오 松崖(송애)에 해 넘거다

潭心 巖影(담심암영)은 온갖 빛이 잠겼어라

林泉(임천)이 깊도록 좋으니 興(흥)을 겨워 하노라

6.

五曲은 어드메오 隱屛(은병)이 보기 좋아

水邊 精舍(수변정사)는 瀟灑(소쇄)함도 가이없다

이중에 講學(강학)도 하려니와 詠月吟諷(영월음풍)하리라

7.

六曲은 어드메오 釣峽(조협)에 물이 넙다

나와 고기와 뉘야 더욱 즐기는고

黃昏(황혼)에 낙대를 매고 帶月歸(대월귀)를 하노라

취병 ; 푸른 병풍, 여름 바위

하상기음 ; 산새가 소리를 높였다 낮췄다 하며 노래부름

반송 ; 키가 작고 가지가 옆으로 퍼지는 소나무 종류

송암 ; 소나무가 있는 바위

담심암영 ; 연못 가운데 비치는 바위 그림자

좋으니 ; 깨끗하니

은병 ; 숲에 덮인 그늘진 절벽

수변정사 ; 물가에 있는, 정사는 제자들을 가르치는 집

8.

七曲은 어드메오 楓巖(풍암)에 秋色(추색) 됴타

淸霜(청상)이 엷게 치니 絕壁(절벽)이 錦繡(금수)로다

寒巖(한암)에 혼자 앉아서 집을 잇고 있노라

9.

八曲은 어드메오 琴灘(금탄)에 달이 밝다

玉軫金徽(옥진금휘)로 數三曲(수삼곡)을 노는말이

古調(고조)를 알 이 없으니 혼자 즐겨 하노라

소쇄 ; 시원하고 깨끗함
조협 ; 낚시질하는 골짜기
낙대 ; 낚시대
대월귀 ; 달빛을 받으며 돌아옴
풍암 ; 단풍 바위
청상 ; 깨끗한 서리
한암 ; 차가운 바위
금탄 ; 흐르는 소리가 거문고 소리처럼 청아하게 들리는 여울물
옥진금휘 ; 좋은 거문고. 軫은 거문고 줄받침. 徽는 줄감개
노는말이 ; 노니
고조 ; 옛 곡조

10.
九曲은 어드메오
文山(문산)에 歲暮(세모)커다
奇巖怪石(기암괴석)이
눈 속에 묻혔어라
遊人(유인)은 오지 아니하고
볼 것 없다 하더라

시조로만 보면 이황의 것이나 이이의 것이나 경치를 통해서
학문과 수양을 나타낸다는 점이 비슷해보이기는 합니다만, 학
자들은 이황의 시조에는 이황의 사상인 主理論(주리론)적인 경
향이 보이고 이이의 시조에는 이이의 사상인 主氣論(주기론)적
인 경향이 보인다고 지적합니다.

세모 ; 해가 저물다. 한 해의 마지막 때
유인 ; 유람객

6. 늙는 길 가시로 막고

늙음은 슬픈 일이지만 그 슬픔을
여유로 받아들일 줄 알았던 것이 우리 선인들의 지혜였습니다.
이들 시조를 통해서 우리의 마음가짐을
다시 바로 가져볼 수 있을 듯 싶습니다.

禹 倬 (우탁)

歎老歌 (탄로가)

한 손에 가시 쥐고
또 한 손에 막대 들고
늙는 길 가시로 막고
오는 백발 막대로 치렸더니
백발이 제 먼저 알고
지름길로 오더라

春山에 눈 녹인 바람
건듯 불고 간데 없다
져근덧 빌어다가
머리 위에 불리고져
귀밑의 해묵은 서리를
녹여 볼까 하노라

고려말에 등장한 사대부의 우아함의 미의식을 보여주는 시조입니다. 조동일 선생은 이 시조를 '흥미로우면서도 속되지 않고, 꾸미지 않은 가운데 기발하다' 고 하고 또 '늘그막의 지혜로 자기 마음을 성찰하는 것으로 야단스럽지 않은 가운데 격조 높은 표현을 얻었으니 뜻 깊은 일이 아닐 수 없다' 고 평했습니다.

宋 純 (송 순)

늙었다 물러 가자 마음과 의논하니
이 님을 버리고 어디로 가잔말고
마음아 넌 예 있거라 몸만 먼저 가리라

조선조 사대부들에게는 양극적인 가치관이 있었습니다. 현
실 정치에 뛰어들어 임금을 보좌하며 백성을 유익하게 해야한
다는 점과, 도학의 근본인 자연으로 돌아가서 학문과 자기 수양
에 힘써야 한다는 것이었습니다. 이 시조는 이 둘 사이의 갈등
을 여유로 풀어서 보여줍니다.

李鼎輔 (이정보)

각씨네 꽃을 보소 피는 듯 시드나니
얼굴이 옥같은들 청춘을 매었을까
늙은 후 문앞이 영락하면 뉘우칠까 하노라

지은이 이정보는 명문가에서 출생해 35년의 관직생활을 한 영조조의 양반입니다. 여든 수가 넘는 시조를 남겼는데 그 중에는 외설스러운 내용의 사설시조도 있어서 이 양반의 평민적이고 가식없는 성격을 보여준다고 합니다. 이 시조는 사설시조는 아니지만 조선과 같이 여성의 욕망을 억제하던 왕조에서 여인의 정을 드러내 긍정하자는 선구적인 작품으로 보입니다.

金三賢 (김삼현)

늙기 설운 줄을 모르고 늙었는가
봄 볕이 덧없어 백발이 절로 난다
그러나 少年적 마음은 감한 일이 없어라

'소년 적 마음은 감한 일이 없다' 는 종장의 말에서 힘이 납니다. 그러나 다른 한편으로는 다음과 같은 무명씨의 시조도 있다는 걸 알아야 할 것 같습니다.

마음아 너는 어이 매양에 젊었는가
내 늙을 제면 넌들 아니 늙을쏘냐
아마도 너 쫓아 다니다가 남 웃길가 하노라

양 쪽이 다 진실인 것이 사는 일인데, 그 때를 맞추기가 쉽지 않습니다.

金裕器 (김유기)

백세를 다 못살아 七八十만 살지라도
벗고 굶지 말고 병 없이 누리다가
有子코 有孫하오면 긔 願(원)인가 하노라

얼 핏보면 그리 큰 소원도 아닌 것 같은데 사실은 참 큰 소원이라고 합니다. 『삼설기』라고 하는 옛 이야기책에는 염라대왕에게 이런 소망을 부탁했는데, 염라대왕이 말하기를 '만약에 그럴 것 같으면 내가 염라대왕 자리를 떼어놓고 가겠다' 고 했답니다.

李仲集 (이중집)

뉘라서 날 늙다하는고 늙은이도 이러한가
꽃 보면 반갑고 잔 잡으면 웃음난다
춘풍에 흩나는 백발이야 낸들 어이 하리오

여기 보이는 무명씨의 시조는 앞의 이중집의 시조를 보고 그
답으로 쓴 것 같습니다. 꽃이 날 웃어주는 건 맞는 말이지만 그
웃음이 각씨네한테는 이르지 못한다는 것입니다.

터럭은 희였어도 마음은 푸르렀다
꽃은 나를 보고 태 없이 반기거늘
각씨네 무슨 탓으로 눈 흘김은 어찌오

그렇지만 이런 시조야 장난삼아 말해본 것이겠지요. 이중집
의 시조는 나이들어서 꽃이나 즐기고 술마시는 즐거움으로 만
족하지, 각씨네를 쫓아다니며 웃음을 구하는 모습을 보이지는
말자는 것이겠지요.

無名氏 (무명씨)

人生 실은 수레 가거늘 보고 왔는가
七十 고개 너머 八十 들로 건너가거늘 보고 왔노라
가기는 가더라마는 소년행락을 못내 일러하더라

無名氏 (무명씨)

가로지나 세지나 간에 죽은 후면 내 아더냐
나 죽은 무덤 위에 밭을 갈지 논을 갈지
酒不到 劉令墳上土(주불도유영분상토)니 아니 놀고 어이
리

'**가**로지나 세지나'는 관을 가로로 지거나 세로로 지거나 라는 말이고, '주불도 유영분상토'는 중국의 유영이라는 사람이 아무리 생전에 술을 잘 마셨지만, 죽은 뒤 무덤 위에까지 술이 이르지는 못한다는 말로, 이들 시조는 죽은 뒤의 허망함을 알면 살아서 술이나 많이 마시자는 내용입니다. 어쩐지 절실함이 느껴지는 것은 왜일까요?

無名氏 (무명씨)

인생을 헤아리니 한 바탕 꿈이로다
좋은 일 궂은 일 꿈 속의 꿈이어니
두어라 꿈같은 인생이 아니 놀고 어이리

無名氏 (무명씨)

인생이 둘가 셋가 이 몸이 네 다섯가
빌어온 인생이 꿈의 몸 가지고서
평생에 살을 일만 하고 언제 놀려 하나니

때로 이 삶이 꿈에 지나지 않는 것이길 바랄 때가 있습니다. 깨고 나서 다시 시작할 수 있다면 얼마나 좋겠습니까? 그러나 위의 시조들은 더 비관적으로 보입니다. '빌어온 인생이 꿈의 몸 가지고서' 라니, 어차피 이 인생이 내 인생이 아니라는 말입니다. 그러나 그 허망함을 더 승화시켜서 깊이 있는 예술로 만들지 않고 그저 '놀자' 로 나가는 경향이 있는 것은 퍽 아쉽습니다.

無名氏 (무명씨)

세상 사람들이 인생을 둘만 여겨
두고 또 두고 먹고 놀 줄 모르더라
죽은 후 滿堂金玉이 뉘 것이라 하리오

無名氏 (무명씨)

늙거든 죽으며 젊으면 다 사느냐
저건너 저 무덤이 다 늙은이 무덤이랴
아마도 草露人生(초로인생)이 아니놀고 어이리

만당금옥 ; 집에 가득찬 은금 보화

無名氏 (무명씨)

백년을 산다해도 근심 반 기쁨 반이요
하물며 백년이 반듯하기 어려우니
두어라 백년전까지란 취코 놀려 하노라

無名氏 (무명씨)

북망산천이 긔 어떠하여 고금 사람 다 가는고
진시황 한무제도 채약구선하여 부디 아니 가려터니
엇더타 여산의 비바람과 무릉의 松柏을 못내 슬퍼 하노
라

여산 ; 진시황의 무덤 있는 곳
무릉 ; 한 효무제의 릉

無名氏 (무명씨)

술 먹어 병 없는 약과 色하고도 장생할 술법을
값 주고 살작시면 참 맹서하지 수만 냥인들 관계하랴
값 주고 못살 약이니 눈치 알아 살금살금하여 백년까지
하리라

無名氏 (무명씨)

꽃이 진다 하고 새들아 슬퍼마라
바람에 흩날리니 꽃의 탓 아니로다
가노라 휘짓는 봄을 새와 무엇 하리오

새오다 ; 시기하다

無名氏 (무명씨)

아자 내 少年이야 어디러로 간 거이고
주색에 잠겼을 제 백발과 바꿨도다
이제야 아무리 찾은들 다시 오기 쉬우랴

無名氏 (무명씨)

어우화 날 속였고나 秋月 春風(추월 춘풍)이 날 속였고나
節節(절절)이 돌아오매 미덥게 여겼더니
白髮(백발)은 날 다 맡기고 少年 따라 갔구나

無名氏 (무명씨)

白髮이 功名이런들 사람마다 다툴지니
나같은 바보는 늙어도 못보겠지
세상에 지극한 公道는 백발인가 하노라

7. 어버이 살아신제

'어버이 살아신 제 섬길 일란 다 하여라'
– 어린 시절부터 참으로 자주 듣던 시조입니다.
그렇지만 불효 아닌 자식이 어디 있겠습니까.
부모님을 생각하는 마음을 모아보았습니다.

鄭 澈 (정 철)

訓民歌 1.

아버님 날 낳으시고
어머님 날 기르시니
두 분 곧 아니시면 이 몸이 살았을까
하늘같은 가 없는 은덕을
어디에다 갚사오리

송강 정철의 훈민가 중 몇 수를 소개합니다. 이는 송강이 45세 때 강원도 관찰사 시절 백성을 교화 계몽하기 위해 지은 16수의 시조입니다. 특히 위의 시조는 그 연원을 『시경』에 두고 있고, 주세붕, 송순 등의 시조에도 거의 같은 것이 있습니다. 유학의 윤리를 민간에까지 보급하려는 이러한 내용이 사회 교육의 목적을 띠고 같은 시기에 여러 차례 지어졌습니다.

訓民歌 3.

형아 아우야 네 살을 만져보아
뉘손대 타나관대 양자조차 같아산다
한 젖 먹고 길러 나 있어 딴 마음을 먹지 마라

訓民歌 4.

어버이 살아신 제 섬길 일란 다 하여라
지나간 후면 애 닯다 어이하리
평생에 고쳐 못할 일은 이뿐인가 하노라

뉘손대 ; 누구에게
타나관대 ; 태어났기에
양자 ; 모습
같아산다 ; 같은가?
고쳐 ; 다시

訓民歌 5.

한 몸 둘에 나누어 부부를 삼기실샤
있을 때 함께 늙고 죽으면 한데 간다
어디서 망녕의 것이 눈 흘기려 하느뇨

訓民歌 8.

마을 사람들아 옳은 일 하자스라
사람이 되어나서 옳지옷 못하면
마소를 갓 고깔 씌워 밥 먹이나 다르랴

訓民歌 10.

남으로 생긴 중에 벗같이 유신하랴
나의 그른 일을 다 이르려 하노매라
이 몸이 벗님 곧 아니면 사람됨이 쉬울까

삼기실샤 ; 생겨나게 하시어

訓民歌 11.

어와 저 조카야 밥 없이 어찌 할꼬
어와 져 아저씨 옷 없이 어찌 할꼬
궂은 일 다 일러라 돌보고져 하노라

訓民歌 12.

네 집 상사일은 얼마나 차리는가
네 딸 서방은 언제나 맞게 되나
내게도 업다커니와 돌보고져 하노라

訓民歌 16.

이고 진 저 늙은이 짐 풀어 나를 주오
나는 젊었거니 돌이라 무거울까
늙기도 설워라커든 짐을조차 지실까

상사일 ; 초상치르는 일

정철의 훈민가는 계몽문학이면서도 참으로 친근한 어조로 사람들에게 다가선다는 점에서 유사한 시조들 중 가장 뛰어납니다. 한자어휘를 거의 사용하지 않고 실제로 농촌에서 사람들이 사용하는 우리말 어휘를 적절하고도 곰살맞게 이용하고 있습니다. 그래서 그 내용도 더욱 실감이 납니다. 한자어로는 도저히 이런 맛을 낼 수가 없는 것입니다.

朴仁老 (박인로)

早紅柿歌(조홍시가)

盤中(반중) 早紅(조홍) 감이 고와도 보이나다
柚子(유자) 아니라도 품음직 하다마는
품어가 반길 이 없을새 글로 설워 하나이다

王祥(왕상)의 잉어 잡고 孟宗(맹종)의 竹筍(죽순) 꺾어
검던 머리 희도록 老萊子(노래자)의 옷을 입고
일생에 養志成孝(양지성효)를 曾子(증자)같이 하리이다

왕상 ; 계모를 위해 얼음 속에서 잉어를 잡아온 효자
맹종 ; 엄동설한에 죽순을 캐온 효자
노래자 ; 70나이에 색동옷을 입고 어린애처럼 놀아 그 부모를 즐겁게 했
다는 효자
양지성효 ; 부모님의 마음을 잘 받들어 효를 이룸

朴仁老 (박인로)

萬鈞(만균)을 늘여 내어 길게길게 노를 꼬아
九萬里 長天에 가는 해를 잡아매어
北堂(북당)에 鶴髮雙親(학발쌍친)을 더디 늦게 하리이다

지은이가 마흔 한 살에 지은 〈早紅柿歌(조홍시가)〉 4 수 중 세 편입니다. 한음 이덕형을 찾아 뵈었을 때 한음이 홍시를 내주자 돌아가신 부모님을 생각하고 이 시를 지었다고 합니다. 오나라 육손의 회귤고사와, 왕상 노래자 등 중국의 고사를 적절하게 사용해서 읽는 이의 마음을 움직이고 있습니다.

박인로는 武人으로 반생을 보낸 사람이면서 동시에 시조 가사 문학에 열정을 가졌던 사람입니다만 그보다 더 중요하게 생각했던 것은 유교 윤리를 익히고 실천하는 것이었습니다. 이런 시조는 실천궁행에 힘썼던 그의 삶 속에서 더 잘 이해됩니다.

만균 ; 삼십만 근
북당 ; 어머니가 거처하는 방
학발쌍친 ; 머리 흰 부모님

尹善道 (윤선도)

산은 길고 길고 물은 멀고 멀고
어버이 그린 뜻은 많고 많고 하고 하고
어디서 외기러기는 울고 울고 가나니

우리말을 갈고 다듬어 시어로 정립한 고산 윤선도의 젊은 시절 작품입니다. 고산은 서른 살 젊은 나이에 권신 이이첨의 횡포를 극력 비판하는 상소문을 올렸습니다. 이 상소에서 '이 상소는 자신의 의견일 뿐 부모와는 아무 관계 없는 일이니 죄를 주시려면 저에게만 주시라'고 했음에도 결국 부친은 파면당하고 자신은 북방으로 귀양을 가게 되었습니다. 귀양지인 함경도 경원으로 가면서 이 시조를 지었다고 합니다.

鄭寅普 (정인보)

慈母思(자모사)

12.
바릿밥 남 주시고 잡숫느니 찬 것이며
두둑이 다 입히고 겨울이라 엷은 옷을
솜치마 좋다시더니 補空(보공)되고 말아라

13.
썩이신 님이 속을 깊이 알 이 뉘 있으리
다만지 하루라도 웃음 한 번 도웁고저
이저리 쓰읍던 애가 한꿈 되고 말아라

보공 ; 관 속 빈 곳을 채우기 위해 넣는 의복

31.

비 잠깐 산 씻더니 서릿김에 내 맑아라

열구름 뜨자마자 그조차도 불어 없다

맘 선뜻 반가워지니 임 뵈온 듯 하여라

* 우리 어머니는 얼음보다도 맑은 어른이다.

37.

이 강이 어느 강가 압록이라 여쭈오니

고국 산천이 새로이 설워라고

치마끈 드시려 하자 눈물 벌써 흘러라

  * 임자년 겨울 안동현으로 모시고 갈제 기차가 압록강을 건너
니 어머니 나를 부르며, ‘나라가 이 지경이 되어 내가 이 강을
건너는구나.’ 그 말씀을 이어 눈물이 흘렀다.

40.
설워라 설워라 해도 아들도 딴몸이라
무덤풀 욱은 오늘 이 살부터 있단말가
빈말로 설운양함을 뉘나 믿지 마옵소

위당 정인보 선생에게는 어머니가 두 분 계셨습니다. 위당의 부모는 마흔이 되어 얻은 귀한 외동아들을 강보에 싼 채 후사 없이 돌아가신 큰댁의 양자로 보냅니다. 친어머니는 아들에 대한 사랑을 표시내지 않기 위해 겉으로 엄하고 속으로 우셨습니다. 가난 속에서도 두분 어머니의 사랑을 흠뻑 받고 자란 위당은 뒷날 이 〈자모사〉40수의 시조를 지어 그분들의 사랑을 기렸습니다.

8. 말로써 말 많으니

사람살이의 실제 모습은 때로는 유치하고 때로는 거룩하고
때로는 위험하고 때로는 즐겁습니다.
세상이 어떻게 생겨먹었으며
어떻게 사는 게 잘 사는 것인지 알기 어렵습니다.
그에 대해 한 마디씩 해본 시조들을 모았습니다.

金宗瑞 (김종서)

朔風(삭풍)은 나모 끝에 불고

明月(명월)은 눈 속에 찬데

만리변성에 一長劍(일장검) 짚고 서서

긴 파람 큰 한 소리에

거칠 것이 없어라

豪 氣歌(호기가)라고 하는 김종서의 시조입니다. 북쪽으로 여진인의 침입에 골머리를 썩고 있을 때 김종서가 함경도 관찰사가 되어 그들의 남침을 막고 드디어는 오늘의 국경을 확정하였습니다. 그 시절 전쟁터에서 지은 시조인 듯 합니다. 이 일로 세종의 사랑을 듬뿍 받았으나 세종 사후 왕위를 노린 수양대군에게 철퇴를 맞고 죽었습니다.

삭풍 ; 북풍
나모 ; 나무

鄭 鐵 (정 철)

나무도 병이 드니 후子(정자)라도 쉴 이 없다
호화히 섰을 제는 올 이 갈 이 다 쉬더니
잎 지고 가지 꺾인 후는 새도 아니 앉는다

야 박하게 변하는 인심을 점잖게 풍자한 시조입니다. 우리 속
담에 '정승집 개가 죽으면 문앞이 시끌해도 정승이 죽으면 문앞
이 조용하다' 는 말과 통합니다. 그러나 달리 생각하면 잎 없는
나무 아래서는 쉴 수 없는 것이 서민들이기도 합니다. 그걸 인
정하고 수용하면서 다른 그늘에 가 쉬는 서민을 이해하는 것이
좋은 위정가일 것 같습니다. 중국의 맹상군이 자신을 배신한 사
람들의 명단을 결국은 불살라 없앤 것도 백성들의 삶이 그럴 수
밖에 없는 것을 알게 되었기 때문입니다.

宋寅 (송 인)

들은 말 즉시 잊고 본 일도 못 본듯이
네 人事 이러함에 남의 是非 모를로라
다만지 손이 성하니 잔 잡기만 하리라

16 세기 사화가 한창이고 당파싸움이 세지던 무렵 어느 한 당
에 속해 편을 드는 것은 참 위험한 일이었을 듯합니다. 남의 시
비를 가리지 않고 술이나 마시면서 모르는 척 하는 것이 살아남
기 위한 방법이었을 것입니다. 지금은 당파싸움의 시대는 아니
지만 때로 남의 시비에 연루되지 않으려는 사람은 이 시조가 마
음에 닿을 것입니다.

金光煜 (김광욱)

功名도 잊었노라 부귀도 잊었노라
世上 煩憂(번우)한 일 다 주어 잊었노라
내 몸을 내마저 잊으니 남이 아니 잊으랴

뒷집에 술 쌀을 꾸니 거친 보리 말 못찬다
주는 것 마구 찌어 쥐빚어 괴어내니
여러날 주렸던 입이니 다나 쓰나 어이리

번 우는 시끄럽고 근심스럽다는 말입니다. 광해군 때의 어지러운 시절, 세상이 번우할 때 김광욱은 매인 새가 놓여나듯이 고향 밤마을로 돌아가서 〈율리유곡〉이라는 17수의 시조를 지었습니다. 명분과 격식을 떨어내버리고 마음 편히 사는 즐거움을 그린 것입니다.

尹善道 (윤선도)

슬프나 즐거오나 옳다 하나 외다 하나
내 몸의 하올 일만 닦고 닦을 뿐이언정
그 밖의 여나믄 일이야 분별할 줄 있으랴

이 시조는 고산이 이이첨을 비판하는 상소로 경원으로 유배
되어 지은 노래 중 하나입니다. 누가 뭐래도 자신이 할 일은 정
당하다는 것을 말하고, 세상의 평가에 귀 기울이지 않겠다는 젊
은이의 각오를 다짐하고 있습니다.

朱義植 (주의식)

하늘이 높다하고 발 돋아 서지 말며
땅이 두텁다 하고 매우 밟지 말을것이
하늘 땅 높고 두터워도 내 조심하리라

말하면 잡류라하고 말 아니하면 어리다하네
빈천을 남이 웃고 부귀를 새오나니
아마도 이 하늘 아래 살을 일이 어려워라

김 천택이 지은이인 주의식을 평한 말에 '시조에만 능할 뿐 아니라 몸을 공검하게 하였고 처신을 맑게 하여 군자의 풍도가 있었다'고 하였으니, 바로 위의 시조와 같은 태도 때문이 아니었을까 합니다.

어리다 ;어리석다
새오다 ;시기하다

朱義植 (주의식)

주려 죽으려하고 수양산에 들었거니
설마 고사리를 먹으려 캐었으랴
物性이 굽은게 미워 펴 보려 캠이라

이 시조는 성삼문의 시조 '수양산 바라보며 이제를 한하노라/ 주려 죽을진들 채미도 하난 건가/ 비록애 푸새엣 것인들 긔 뉘 땅에 났더니' 하는 시조에 대해 변론으로 지은 것입니다. 꼬부라진 고사리들을 곧게 펴고자 하는 것이 모든 배운 사람이 할 일이라는 것입니다. 때로 자신에게 치명적인 화가 닥치기도 하지만.

金裕器 (김유기)

불충 불효 하고 죄많은 이 내 몸이
구구히 살아있어 해온 일 없거니와
그러나 태평성대에 늙기 설워 하노라

오늘은 고기잡이하고 내일은 사냥 가세
꽃 다림 모레 가고 굿잔치란 글피 하리
그글피 활쏘기할 제 술 안주 가져오소

같은 사람이 지은 시조들로 느낌이 다른 것 같지만 일관성이 있습니다. 평생 해 놓은 일이 없다고 한탄하면서도 늙기 싫어하는 것은 바로 꽃다림 고기잡이 활쏘기 등 재미난 일이 많기 때문입니다. 부모께 불효하지 않은 자식이 어디 있겠습니까? 그 점은 안타깝지만 저렇듯 즐거운 삶을 사는 것도 복입니다.

金天澤 (김천택)

족함 알면 욕됨 없고 멈춤 알면 위험 없네
공 이루고 이름 나면 마는 것이 긔 옳으니
어즈버 벼슬가진 분네는 모두 조심하시소

내 부어 권하는 잔을 덜 먹으려 사양마소
꽃 피고 새 우니 이 아니 좋은 땐가
내년의 꽃구경은 누구와 할 줄 알리오

한 달 서른 날에 취할 날이 몇날이리
잔 잡은 날이야 진실로 내 날이라
그날 곳 지나간 후면 누구의 날이 될 줄 알리

최초의 시조집인 『청구영언』을 엮은 김천택은 70수가 넘는 시조를 지었습니다. 숙종 때 포교 생활을 하기도 했던 그는 우리나라 가곡을 사랑하고 널리 알리는 일에 평생을 보냈습니다. 그러나 그의 시조는 대부분 산수자연에 대한 것과 교훈적인 것과 술마시고 놀자는 것이 많아서 그만의 독특한 정서를 만들어 내지는 못했습니다.

俞應孚 (유응부)

간밤의 부던 바람에 눈서리 친단말가
낙락장송이 다 기울어 가노매라
하물며 못다 핀 꽃이야 일러 무엇하리오

사 육신의 한사람 유응부가, 수양대군의 왕위찬탈 전후에 김
종서 황보인 같은 낙락장송과 무수한 젊은 꽃들이 죽어간 것을
시조로 읊은 것이라 합니다. 기개 높은 무신이었던 그는 불에
달군 인두로 배를 지지는 고문을 받으면서도 얼굴빛 하나 변하
지 않았다 합니다.

李陽元 (이양원)

높으나 높은 나무에 날 권하여 올려놓고
이보오 벗님네야 흔들지나 말려므나
내려져 죽기는 섧지않아 님 못볼가 하노라

지 은이가 임진왜란이 나던 해 공을 세워 영의정이 되었으나
좌우의 모함이 많아, 무엇보다 나라일을 그르칠까 염려되는 심
정을 그린 시조라 합니다. 지은이는 그 해를 못넘기고 죽었습니
다.

無名氏 (무명씨)

　발가벗은 아이들이 거미줄 테를 들고 개천으로 왕래하며
　벌거숭아 벌거숭아 저리가면 죽느니라 이리오면 사느니라, 부르나니 벌거숭이로다
　아마도 세상일이 다 이러한가 하노라

벌거숭이는 잠자리를 가리킵니다. 사람들이 산다고 하는 길이 사실은 죽을 길이고 저리 가면 죽는다고 하는 길이 사실은 살 길이라는 말입니다. 그런 점이 없다고는 못하겠습니다마는 이 시조를 지은 사람은 세상에 대해 몹시 부정적이고 아무도 믿지 못하고 있는 것이 안타까운 마음이 드는 것도 사실입니다.

無名氏 (무명씨)

말하기 죠타 하고 남의 말을 말을것이
남의말 내 하면 남도 내 말 하는것이
말로써 말이 많으니 말 말음이 좋아라

남의 말 하는 것을 세상 없는 재미로 아는 분들이 간혹 있습니다. 그분들은 자기가 자리를 비우면 남들이 자기 말을 할까봐 화장실도 못간다는 우스개가 있습니다. 남의 말은 때로 좋은 말이라도 하지 않는 것이 나을 때가 많은 것 같습니다.

黃胤錫 (황윤석)

天地도 廣大(광대)하다 내 마음같이 廣大
日月도 光明(광명)하다 내 마음같이 光明
내마음 天地日月같게하면 요임금 같으리니

천지의 광대함과 일월의 광명함을 내 마음의 광대함과 광명함으로 삼으려는 욕심은 부러운 욕심입니다. 그러나 이 시조의 작자는 천지일월의 광명광대함이 내 마음을 닮은 것이라고 말하기도 하는 것 같습니다. 이미 우리 마음에는 천지일월과 같은 광대광명함이 있다는 것입니다. 그것을 잃지 않게 하는 것이 공부입니다.

李鼎輔 (이정보)

묻노라 불나비야 네 뜻을 내 몰래라
한 나비 죽은 후에 또 한 나비 따라오녀
아무리 프새엣 짐승인들 너 죽을 줄 모르는가

일확천금의 불빛이 환해 보이는 곳을 향해 달려드는 수 많은 사람들을 생각해 보십시오. 경마장에서, 증권시장에서, 복권판매대에서, 카지노에서, 그리고 무엇보다 정치판에서. 그 길이 환해보이지만 사실은 저 죽는 길임을 알아야 할 일입니다. 남 가는 길 멋모르고 따라가지 말고 자신을 잘 살피고 그에 맞는 길을 가야 할 것입니다.

無名氏 (무명씨)

외야도 옳다 하고 옳아야도 외다 하니
세상 인사를 아마도 모를로다
차라리 내 왼 체하고 남을 옳다 하리라

無名氏 (무명씨)

옳은 일 하자 하니 이제 뉘 옳다 하며
그른 일 하자 하니 후의 뉘 옳다 하리
취하여 是非를 모르면 그 옳을가 하노라

無名氏 (무명씨)

검으면 희다 하고 희면 검다 하네
검거나 희거나 옳다 할 이 전혀 없다
차라리 귀 막고 눈 감아 듯도 보도 말리라

無名氏 (무명씨)

까마귀 검으나 마나 해오라비 희나 마나
황새 다리 기나 마나 오리 다리 짧으나 마나
평생에 黑白 長短(흑백장단)은 나는 몰라 하노라

無名氏 (무명씨)

일생에 얄뮈올슨 거미 외에 또 있는가
제 배를 풀어내어 망양 그물 널어두고
꽃보고 춤 추는 나비를 다 잡으려 하더라

無名氏 (무명씨)

굼벵이 매미 되어 나래 돋쳐 날아올라
높으나 높은 나무에 소리는 좋거니와
그 위에 거미줄 있으니 그를 조심하여라

이런 여러 편의 시조를 보고 있으면 조선 후기는 서민들이 살아가기는 정말 어려웠던 것으로 생각됩니다. 세상살이의 위험함을 거듭 말하고 살 길이 모르는 체하며 조심하는 데 있다고 말하는 시조들이 이것들 말고도 여러 편 전하고 있습니다. 그런데 사실은 지금 시대에도 이 시조들의 빛이 바래지 않고 있습니다.

無名氏 (무명씨)

남이 해할지라도 나는 아니 겨루리라
참으면 덕이오 겨루면 같으리니
굽음이 제게 있거니 다툴 줄이 있으랴

無名氏 (무명씨)

내게 좋다 하고 남 싫은 일 하지말며
남이 한다 하고 의 아니면 좇지말니
우리는 천성을 지키어 생긴대로 살리라

無名氏 (무명씨)

내 옷에 내 밥 먹고 내 집의 누었으니
귀에 잡말 업고 是非에 걸릴소냐
百年을 이리 지냄이 긔 分인가 하노라

이들 시조는 어지러운 세상에서 자기 분수를 지키며 살아가는 방법을 말하고 있습니다. 세상이 아무리 악해도 욕심을 부리지 않고 자기만 조심해 살면 아무 일도 당하지 않을 수 있다는 것입니다.

無名氏 (무명씨)

내라 내라 하니 내라하니 내 뉘런고
내 내면 낸줄을 내 모르랴
내라서 낸 줄을 내 모르니 낸동만동 하여라

無名氏 (무명씨)

그러하거니 어이 아니 그러하리
이리도 그러그러 저리도 그러그러
아마도 그러그러하니 한숨겨워 하노라

無名氏 (무명씨)

흐린 물 옅다 하고 남의 먼져 들지 말며
지는 해 높다 하고 번외엣 길 가지 마소
어즈버 날 다짐 말고 네나 조심 하여라

無名氏 (무명씨)

넓은 듯 살자 하니 모난 데 가일세라
둥글게 살자 하니 남에게 치일세라
外둥글 內번듯하면 휘둘릴 줄 있으랴

無名氏 (무명씨)

외어도 옳다하고 옳아도 외다하니
세상 인사를 아마도 모를로다
차라리 내 왼 체 하고 남을 옳다 하리라

이들 시조에서 말한대로 살면 아무 일 없이 잘 살 수 있을까
요? 이에 대해 반대 의견도 많을 것 같습니다. 다만 이들은 조선
후기와 같은 어지러운 상황에서라면 언제든지 나올 수밖에 없
는 삶의 태도라는 점은 누구나 동의할 수 있습니다.

無名氏 (무명씨)

　창 내고저 창 내고저 이 내 가슴에 창 내고저
　고모장지 세살장지 들장지 열장지 암돌저귀 수돌저귀 배
목걸쇠 크나큰 장도리로 이 내 가슴에 창 내고자
　이따금 하 답답할 제면 여닫어볼까 하노라

우 리도 하 답답할 때면 한번씩 열어볼 수 있는 창이 가슴에
하나씩 있으면 좋겠습니다. 그 창은 얼마나한 크기일까요? 이
시에서는 '크나큰 장도리로' 뚝딱 박아야 할만큼 큰 창입니다.
답답함이 클수록 창도 커야 하겠지요.

無名氏 (무명씨)

　재 너머 막둥이 엄마 막둥이 자랑마라

　내 품에 들어서 돌곗잠 자다가 이 갈고 코 골고 오줌싸고 방귀 뀌니 맹서하지 모진 내 맡기 하 지질하다 어서 다려가거라 막둥이 엄마

　막둥의 어미년 내달아 변명하여 이르되 우리의 아기 딸이 고름증 배앓이와 이따금 갖은 증세밖에 여남은 잡병은 어려서부터 없나니

예로부터 어미가 자식 사랑하는 데는 이유가 없이 맹목입니다. 자식에 관한 한 모든 어머니들은 거짓말쟁이 라는 말도 있습니다. 이 시조를 읽는 우리들의 얼굴에는 웃음이 떠오릅니다. 우리도 그런 사랑을 받아본 어린 날이 있기에 막둥이 어미가 남 같지 않습니다.

無名氏 (무명씨)

대장부 천지간에 할 일이 전혀 없다
글을 하자 하니 '아는게 병'이요 칼을 쓰자 하니 '칼이
곧 흉기'로다
차라리 기생집 술집으로 오락가락 하리라

無名氏 (무명씨)

손약정은 점심을 차리고 이풍헌은 안주를 장만하소
거문고 가야금 해금 비파 적피리 장고 무고 工人일랑 우
당장이 데려오오
시글 짓고 노래 부르기와 기생들 보살피기란 내 다 담당
하옴세

無名氏 (무명씨)

두꺼비 파리를 물고 두엄 위에 치달아 앉아
건너산 바라보니 백송골이 떠 있거늘 가슴이 끔찍하여
풀떡 뛰어 내닫다가 두엄아래 자빠졌구나
모쳐라 날낸 날새망정 에혈질 번 하여라

無名氏 (무명씨)

一身이 사자 하니 물 것 겨워 못살겠네
피겨같은 가랑니 보리알같은 수통니 주린니 갓깬니 잔벼
룩 굵은벼룩 강벼룩 왜벼룩 기는놈 뛰는놈에 비파같은 빈
대새끼 사령같은 등에아비 갈따귀 버마제비 흰바퀴 누런바
퀴 바구미 고자리 부리 뾰족한 모기 다리 기다란 모기 야윈
모기 살진 모기 그리마 뾰록이 밤낮으로 빈 때 없이 물거니
쏘거니 빨거니 뜯거니 심한 깽비리 여기서 어려워라
그 중에 차마 못견딜손 유월 복더위에 쉬파린가 하노라

두꺼비나 각종 물것들은 서민에게서 무엇이든 빼앗아 가려는 관리들을 풍자한 것이라고 합니다. 두꺼비가 저보다 높이 있는 매를 보고 혼비백산 넘어지는 모습은 사람들에게 시원하게 여겨졌을 것입니다.

無名氏 (무명씨)

댁들에 동난지이 사오 저 장사야 네 황아 긔 무엇이라 외
치느냐 사자

안뼈 밧뼈 두 눈은 하늘 향하고 앞으로 뒤로 작은 다리
八足 큰다리 二足 맑은 장 아스슥 하는 동난지이 사오

장사야 하 거북이 외치지말고 게젓이라 하렴은

조선 후기 사설시조의 특징 중 하나는 시장 풍경을 소재로
하는 것이 다수 등장하는 점입니다. 이 당시 서울은 이미 돈만
있으면 구하지 못할 것이 없었습니다. 아라비아 수입품으로부
터 장 담그는 메주까지 상품으로 나왔습니다. 상업의 급격한 발
달을 반영하는 듯 합니다.

無名氏 (무명씨)

시어머님 며늘아기 나빠 벽바닥을 구르지마오
빚에 받은 며느린가 값에 쳐온 며느린가
밤나무 썩은 등걸에 회초리나 같이 앙살피신 시아버님
볕 뵌 쇠똥같이 말라빠진 시어머님
삼년 겨른 망태에 새 송곳부리같이 뾰족하신 시누이님
당피같은 밭에 돌피 난 것같이 샛노란 외꽃같은 피똥 누
는 아들 하나 두고
건 밭에 메꽃같은 며느리를 어디를 나빠 하시는고

더 설명이 필요 없는 시조입니다. 요즘에야 사정이 많이 달
라졌으니 옛날에는 이랬나보다 하고 재미삼아 읽을 수 있게 되
기를 바랍니다.

南怡 (남이)

긴 칼 빼어들고 백두산에 올라보니
대명천지에 성진이 잠겼어라
언제나 남북풍진을 헤쳐볼까 하노라

武 人의 기개를 한껏 나타낸 시조입니다. 남이는 이러한 호기
가를 몇편 남겼습니다. 남이 개인으로 보았을 때는 이런 호기를
남 앞에 내세우지 않고 속으로만 간직했으면 좋았을 듯 합니다.
남이는 결국 유자광의 모함에 빠져 스물 여덟의 아까운 나이에
처형되었습니다.

성진 ; 전쟁터에 흩날리는 먼지,
남북풍진 ; 남북 오랑캐가 일으키는 병란

韓龍雲 (한용운)

尋牛莊(심우장)

잃은 소 없건마는
찾을 손 우습도다.
만일 잃을시 분명하다면
찾은들 지닐소냐.
차라리 찾지 말면
또 잃지나 않으리라.

불교에서는 자기 마음을 다스리어 본래의 청정한 마음을 찾
는 일을 소를 순하게 기르는 일에 비유합니다. 절에 가면 뒷벽
에 十牛圖 그림이 있기도 합니다. 만해는 찾으려 애쓰는 일이
오히려 장애가 될 수 있다고 말하고 있습니다. 소를 길들이려
지나치게 애를 쓰면 소의 저항을 받아 결국 소도 사람도 망칠
수 있습니다. 순리에 따라야 하는데, 어떻게 순리인지 아는 것
도 쉬운 일이 아닙니다.

韓龍雲 (한용운)

無題

10
꽃이 봄이라면
바람도 봄이리라.
꽃 피자 바람 부니
그럴 듯도 하다마는
어쩌다 저 바람은
꽃을 지워 가는고.

11

청산(青山)이 만고(萬古)라면

유수(流水)는 몇 날인고.

물을 좇아 산에 드니

오간 사람 몇이던고.

청산(青山)은 말이 없고

물만 흘러가더라.

제목도 無題이니 이에 대해 별 말을 하지 말라는 뜻인 것 같
습니다.

崔南善 (최남선)

혼자 앉아서

가만히 오는 비가
낙수 져서 소리하니

오마지 않은 이가
일도 없이 기다려져

열릴 듯 닫힌 문으로
눈이 자주 가더라

<독 립선언문〉을 썼던 육당이 끝내 친일행각으로 재판을 받
고 서대문 형무소에서 한달을 있다가 나와 우이동에서
칩거하며 역사에 관한 글을 썼습니다. 이 시조는 그 당시 지은
것입니다. 자신의 잘못된 판단과 굳세지 못한 의지에 대해 많은
반추를 했을 것 같습니다. 그리고 무척 외로웠던 것 같습니다.

'오마지 않은 이를 기다려 열릴 듯 닫힌 문으로 눈이 자주 간다'
는 것은 나름대로는 절실한 체험에서 온 표현인 듯 합니다. 자
신의 친일에 '내 친구 육당이 죽었다' 며 상복을 입고 자신의 집
을 찾아와 통곡하고 간 정인보를 생각했는지도 모르겠습니다.

曺 雲 (조 운)

비 맞고 찾아온 벗에게

어젯밤 비만 해도 보리에는 무던하다
그만 갤 것이지 어이 이리 굳이 오노
봄비는 찰지다는데 질어 어이 왔는고.

비맞은 나무가지 새엄이 뽀쪽뽀쪽
잔디 숲잎이 파릇파릇 윤이 난다
자네도 비를 맞아서 情이 치나 자랐네.

조 운의 시조는 생활 그 자체입니다. 봄비를 맞으며 찾아온
벗에 대한 정이 '윤이 납' 니다. 진흙길을 걸어온 친구도 이 시조
에 마음이 환해졌을 것입니다.

曺 雲 (조 운)

상추쌈

쥘 상치 두 손 받쳐
한 입에 우겨 넣다

희뜩
눈이 파려 우긴채 내다보니

흘는 꽃 쫓이던 나비
울 너머로 가더라

조 선조 시조가 갖고 있던 관념성이 이제 완전히 사라진 것을
봅니다. 현장감만 살아 있습니다. '이은상처럼 감각이 예민해
말을 잘 다듬는 것을 장기로 삼는 듯 하지만 기교에 빠지지 않
았다. 애틋한 인정을 감명 깊게 드러내려고 한 점에서는 이병기
와 비슷하면서 미묘한 느낌을 또렷하게 하는 데 남다른 장기가
있었다.'는 조동일 선생의 평가가 적실합니다.

曺 雲 (조 운)

女書를 받고

너도 밤마다
꿈에
나를 본다 하니

오고
가는 길에
만날 법도 하건마는

둘이 다 바쁜 마음에
서로 몰라 보는가

바람아 부지 마라
눈보라 치지 마라

어여쁜 우리 딸의
어리고 연한 꿈이

날 찾아
이 밤을 타고 二百里를
온단다.

일정 당시 조운이 감옥에 갇혀 있을 때 딸의 편지를 받고 지
었습니다. 딸이 날 보러 오는 꿈을 망치지 않게 눈바람아 불지
말아달라고 부탁하는 아버지의 마음에 잔잔한 감동이 입니다.

李秉岐 (이병기)

야시

날마다 날마다 해만 어슬어슬 지면 종로판에서 싸구려
싸구려 소리 나누나

사람이 쏟아져 나온다 이골목 저골목으로 갓쓴이 벙거지
쓴이 쪽진이 짝근이 어중이 떠중이 앞서거니 뒤서거니 엉
긔엉긔 흥성스럽게 오락가락한다 높다란 간판 달은 납작한
기와집 커켜히 쌓인 먼지 속에 묵은 갓망건 족두리 청홍실
부치 어릿가게 여중가리 양화 왜화부치 썩은 비웃 쩔은 굴
비 무른 과일 시든 푸성귀부치 십전 이십전 싸구려 싸구려
부르나니 밤이 깊도록 목이 메이도록
저 남산 골목에 우뚝우뚝 솟은 새 집들은 보라 몇 해 전
조그마한 가게들 아니드냐 어찌하여 밤마다 싸구려 소리만
외치느냐

그나마 찬바람 나면 군밤장사로 옮기려 하느냐

1927년의 작품입니다. 남산 골목의 새 집들은 일본인의 집입니다. 일본인에게 밀려나 싸구려 소리만 외쳐대게 된 조선 상인들의 모습을 그렸습니다. 이 이후로도 조선인은 경제활동에서 점점 밀려나 30년대에는 처절한 가난을 겪게 됩니다. 이 시조는 사설시조의 전통을 현대로 옮긴 좋은 예입니다.

李秉岐 (이병기)

비 2

짐을 매어 놓고 떠나려 하시는 이날
어두운 새벽부터 시름 없이 내리는 비
내일도 내리오소서 연일 두고 오소서

부디 머나먼 길 떠나지 마오시라
날이 저물도록 시름없이 내리는 비
저윽이 말리는 정은 나보다도 더하오

잡았던 그 소매를 뿌리치고 떠나신다
갑자기 꿈을 깨니 반가운 빗소리라
매어둔 짐을 보고는 눈을 도로 감으오

李殷相 (이은상)

고향 생각

어제 온 고깃배가 고향으로 간다 하기
소식을 전차 하고 갯가로 나갔더니
그 배는 멀리 떠나고 물만 출렁거리오.

고개를 숙으리니 모래 씻는 물결이오.
배 뜬 곳 바라보니 구름만 뭉게뭉게
때 묻은 소매를 보니 고향 더욱 그립소.

이 시조는 〈가고파〉와 함께 가곡으로 더 유명한 시조입니다. 이은상 시조는 일반적으로 감각을 잘 살리고 묘사의 기교가 뛰어난데 비해, 이 〈고향생각〉은 그보다는 소박하고 정겨움이 두드러집니다.

9. 묏버들 가려 꺾어
- 사연이 있는 시조들

시조들 중에는 이야기를 함께 전하는 것들이 있습니다.
이야기를 알 때 더 감칠맛이 나기도 합니다.
이야기와 시가 어울리는 모습을 보실 수 있습니다.

묏버들 가려 꺾어 보내노라 님에게로
자시는 창 밖에 심어 두고 보소서
밤 비에 새 잎 곧 나거든 나인가도 여기소서

선조 임금 때에 고죽 최경창이 북평사로 함경도 경성에
가 있을 때, 홍랑과 친하게 되었다. 고죽이 서울로 돌아오
게 되자 홍랑은 영흥까지 배웅하고 함관령에 이르러 묏버
들 한 가지를 꺾어 주면서 이 노래를 불렀다고 한다. 사랑
하는 사람과 함께 갈 수 없는 처지의 홍랑이 자신의 손이
닿은 버드나무 가지 하나를 꺾어, 그거라도 님과 함께 있게
하는 것으로 위안을 삼았을 것을 생각하면 500년 가까운
옛 일이 옛 일로 느껴지지 않는다. 홍랑은 필시 시와 예술
을 깊이 알았던 여성이었을 것이다. 고죽은 그네와 정서적
으로 서로를 잘 이해하고 사랑하였을 것이다. 그 자신이 이
미 청절하고 담백한 당시풍의 시로써, 백광훈, 이달과 함께
3당시인으로 유명했으며, 17살 을묘왜란 때는 왜구를 만나
자 통소를 구슬피 불어 왜구들이 향수에 젖어 전의를 상실
하고 물러가게 했다는 일화를 갖고 있는 인물이다. 얼마나
섬세하고 다정다감한 사람이었을까? 그에게 홍랑이 푹 빠
졌을 것이고 이별을 두고 자신의 속은 눈물로 뒤범벅이었
을 것이다.

한송정 달 밝은 밤 경포대의 물결 잔 제
유신한 갈매기는 오락가락 하건마는
어찌타 우리 왕손은 가고 아니 오느니

이는 홍장이라는 강릉 기생이었다는 여인의 시조로 전한
다. 서거정의 『동인시화』에 전하는 이야기가 있다.

고려 우왕 때 강원 감사 박신이 강릉 기생 홍장을 사랑하
였는데 박신이 임기가 만료되어 떠나려 할 때, 강릉 부사
조운흘이 짐짓 홍장이 죽었다고 하였더니 박신이 몹시 슬
퍼하였다. 하루는 조운흘이 박감사를 청하여 경포대로 뱃
놀이를 나갔다. 문득 그림과 같은 배가 한 척 앞에 나타났
는데, 그 속에 한 미인이 노래를 부르며 춤을 추고 있었다.
박감사는 '이는 진정 선녀로다' 하고 감탄하고 있는데, 자세
히 보니 그 사람은 바로 홍장이었다. 배에 탔던 사람들이
손뼉을 치며 웃었다.

이 낭만적인 이야기는 널리 알려져서 후에 정철이 〈관동
별곡〉에서 '홍장 고사를 야단스럽다 하리로다' 하고 인용한
바도 있다. 위의 시조는 홍장이 지었다는 것이 사실이라면,
박신과의 이별 후에 그를 그리면서 지었다고 생각할 수 있
다. 최경창과 홍랑의 일화와도 맥을 같이 하는 그 시절에나
가능했던 사연이겠다.

위의 시조가 낭만적이고 애틋하다면, 임제의 이야기는
좀더 풍류적이다. 시조 6수를 남겼는데 모두 여인들과 어울
린 노래들이다. 寒雨(한우)라는 기생과 주고받은 시조가 전
한다. 술자리에 어울린 두사람 중에 임제가 먼저 수작을 걸
었다.

북천이 맑다커늘 우장 없이 길을 나서니
산에는 눈이 오고 들에는 찬비 온다
오늘은 찬비 맞았으니 얼어 잘까 하노라

그네의 이름이 차가운 비라는 뜻이니 여기 '찬 비'는 '한
우'를 빗댄 것이다. 너 한우를 만나리라고는 생각도 못하고
이곳에 왔는데 뜻밖에도 여기서 너를 만났구나, 오늘은 비
맞은채 자야겠구나 하는 이야기는 한우와 자겠다는 뜻이다.
그런데 '얼어' 잔다고 했다. '얼다'는 두가지 뜻이 있다.' (물
이) 차가와져서 얼음으로 얼다'와 '남녀가 교합한다'는 뜻
이다. 임제는 후자의 뜻으로 썼을 것이다. 이에 대해 한우는
자신도 그 뜻을 다 알았을 터인데도 '얼다'를 전자의 뜻으
로 풀이하면서 한술 더 떠서 다음의 시조를 지었다.

어이 얼어 자리 무슨일로 얼어 자리
원앙침 비취금을 어디 두고 얼어 자리
오늘은 찬비 맞았으니 녹아 잘까 하노라

원앙 새긴 베개, 비취색 이불을 두고 왜 춥게 얼어 자겠
느냐고 했다. 오히려 자신은 얼은 것을 녹이는 비이니 자신
과 녹아 잘 것이라고 했다. 『진본 청구영언』에는 앞의 시조
를 보이고 다음과 같이 주를 달았다.

'임제는 자를 자순, 호를 백호라 하며 금성인이다. 선조
때에 과거에 급제, 벼슬은 예조정랑에 이르렀다. 시문에 능
하고, 거문고를 잘 타며, 노래를 잘 불러 호방한 선비였다.
이름난 기생 한우를 보고 이 노래를 불렀다. 그날밤 한우와
동침하였다.'

임제가 평안평사가 되어 부임해서 명기 황진이 무덤 앞
에서 불렀다는 유명한 시조도 있다.

푸른 풀 우거진 골에 자는가 누웠는가
붉은빛 얼굴 어디두고 백골만 묻혔는가
잔 잡아 권할 이 없으니 그를 설워하노라

임제는 호방한 풍류가라 했으니 그가 조금만 더 일찍 태어났으면 황진이와 잘 어울렸을 것 같다. 그는 임종시에도 가족들이 울자, 벌떡 일어나서 '황제 소리 한 번 못듣는 작은 나라에 태어나서 이제까지 산 것도 분한데, 무슨 울 일이 있더냐?' 하고 꾸짖고 죽었다고 한다.

송강 정철이 이런 일화 하나쯤 안남길 리가 없다. 정철이 강계 땅에 유배가 있을 때, 眞玉(진옥)이라는 기생을 알게 되었다. 이들도 임제가 그랬듯이 서로의 이름을 빗대어 희롱한 시조를 남겼다.

옥이 옥이라 하기에 모조 옥이라 여겼더니
이제야 자세히 보니 眞玉(진옥)일시 분명하다
나에게 살 송곳 있으니 뚫어 볼까 하노라

좀 야한 내용이지만, 이름을 빗대어 오히려 그네의 가치를 높이는 면이 있기도 하다. 이에 진옥이 지체없이 자기 노래를 불렀다.

철이 철이라 하기에 섭철만 여겼더니
이제야 보아하니 정철일시 분명하다
나에게 불골무 있으니 녹여 볼까 하노라

섭철은 잡성분이 많이 섞인 순수하지 못한 철이고, 정철은 鄭澈(정철)이라는 이름의 소리값을 따라 正鐵(정철)로 말장난을 한 것이다. 불골무는 위의 살송곳에 짝이 되는 것이다. 어찌 보면 음란한 성적 희롱이라 하겠으나, 직접적으로 말하고 보는 지금 시대로 보면 오히려 순화되었다고나 할까 어떤 순수함과 여유가 있어 보인다.

笑春風(소춘풍)이라는 기녀의 재치 넘치는 시조도 전한다. 성종 임금이 신하들과 더불어 잔치를 배설하였는데, 하루는 영흥 명기 소춘풍에게 명하여 신하들에게 술을 따르게 했다. 성종이 그네에게 노래를 부르게 하였는데, 즉시로 자작하여 문신의 명예를 빛내게 했다. 그러자 부른 노래가 다음과 같다.

요나라를 어제 본 듯 한당송 나라를 오늘 본듯
고금과 사리에 통달한 명석한 저 선비 어이하고
설 데를 역력히 모르는 武夫(무부)를 어이 좇으리

이 노래를 듣고 무신들이 모두 노여워 하였다. 그러자 다시 소춘풍이 그들을 달래는 시조를 지었다.

앞 노래는 희언이라 내 말씀 허물 마오

文武一體(문무일체)인 줄 나도 잠간 아옵거니

두어라 늠름한 武士(무사)를 아니 좇고 어이하리오

이번에는 문신들이 기뻐하지 않았다. 소춘풍은 세 번째 노래를 불렀다.

제나라도 큰나라요 초나라도 큰 나라라

조그만 등나라가 그 사이에 끼었으니

두어라 둘다 좋으니 제도 초도 섬기리라

모두 박수를 치며 재미있어 했을 것이다. 성종이 크게 기뻐해서 비단, 호랑이 가죽, 후추를 상으로 주었고, 소춘풍은 이 일로 크게 유명해졌다. 성종과도 깊은 관계였던 것 같다. 성종이 죽고 나자, 낙향해서 머리를 깎고 여승이 되었다. 그 나이 28세이었다.

황진이는 또 다른 일화도 남기고 있다. 서유영의 『錦溪筆談(금계필담)』이라는 책에 다음 이야기가 전한다.

황진이의 이름이 이미 전국에 드높아 많은 남자들이 그네를 보고 싶어 했다. 그중에 왕실의 친척인 碧溪水(벽계

수)라는 사람도 있었다. 어떻게 그네를 볼 수 있을까 하고, 허균의 스승이기도 했던 손곡 이달과 의논했다.

　이달이 말했다. '진이는 진정으로 풍류 명사가 아니면 상대해주지 않습니다. 공이 능히 내 말을 좇을 수 있겠습니까?' 벽계수가 말했다. '마땅히 자네 말을 들어야지.' 이달이 말했다. '공께서는 거문고를 잘 타니 아이를 하나 시켜 거문고를 끼고 따라오게 하고, 작은 나귀에 올라타 진랑의 집앞을 지나다가, 누각에 올라 술을 사 마시고, 거문고를 한 곡 타십시오. 진랑이 반드시 나와서 공의 옆에 앉을 것이니, 보지 못한 듯이 하시고, 곧 일어나 나귀를 타고 가십시오. 진랑이 반드시 뒤를 따라 올 것입니다. 만일 취적교 다리를 지나가기까지 돌아보지 않으면 일은 거의 다 이루어진 것입니다. 만약 그렇게 하지 않으면 이룰 수가 없습니다.' 벽계수가 그 말을 들어, 작은 나귀를 타고 아이 하나에게 거문고를 들려서 진랑의 집을 지나 누대에 올라 술을 사 마시고 스스로 한 곡조를 탔다.

　그리고는 곧 일어나 나귀를 타고 갔다. 진이가 과연 그 뒤를 따라왔다. 거문고 든 아이에게 물어 그가 벽계수인 것을 알고, 이 시를 노래불렀다.

청산리 벽계수야 수이 감을 자랑 마라

一道 滄海(일도창해)하면 다시 오기 어려워라

明月(명월)이 滿空山(만공산)하니 쉬어간들 엇더하리

벽계수는 이 노래를 듣고 차마 더 가지를 못했다. 취적교에 이르러 급히 되돌리다가 그만 나귀에서 떨어지고 말았다. 황진이가 웃으며 말했다. '이는 풍류객일 뿐 名士는 아니다.' 하고 곧 돌아갔다. 벽계수는 부끄럽기 이를 데 없었다.

시조작가 소개

시조를 지은 분들 중 양반 사대부, 조선 후기의 중인층, 현대시조 작가들은 이름을 남겼고, 그외에 이름을 알리지 않은 무명씨의 작가들도 많이 있습니다. 이중 이름을 전하는 작가들을 가나다 순으로 간략히 소개합니다. 지은 사람과 작품을 연결해가며 읽어보는 것도 재미있는 일입니다.

김광욱 ; 1580-1656. 선조 13-효종 7. 호는 竹所(죽소). 광해군 3년 正言이 되어, 정인홍이 이언적, 이황 등을 무고할 때 홀로 상소를 올려 싸웠음. 1615년 폐모 논란 건으로 면직되어 경기도 고양 행주에 은거. 인조반정 뒤 다시 벼슬길에 나와 형조판서, 한성판윤 등을 역임.

김삼현 ; 생몰년 미상. 조선 숙종 때 詩人. 주의식의 사위. 절충장군이라는 벼슬을 지내고 퇴직 후 주의식과 더불어 산수를 벗하고 시조를 지음.

김상용 ; 金尙容 1561-1637, 명종 16- 인조 15. 호는 선원(仙源). 김상헌의 형으로 도승지, 형조판서 등을 역임. 병자호란 때 강화성이 함락되자 자결

김유기 ; 생몰년 미상. 1718년 경에 죽은 듯 하다. 숙종 때의 歌
人. 세상에 명창으로 이름이 알려졌다 한다. 김천택은
그의 시조에 대해 '情境(정경)을 남김없이 서술하고 음
률에 잘 조화되어 있다' 고 평가함.

김 육 ; 1580-1658. 선조 13-효종 9. 호는 潛谷(잠곡). 당시
실권자인 정인홍이 조광조 , 이황 등을 악평하며 인목
대비의 폐모를 건의하자 儒籍(유적)에서 빼버렸다. 이
일로 광해군의 노여움을 사자 경기도 가평에서 10년간
은거. 인조반정 후 충청도 관찰사 시절 대동법을 시행.
화폐주조, 유통, 수레 제작, 활자 제작 인쇄, 시헌력 제
정 사용 등 백성을 위한 많은 정책을 폈다. 유형원에게
이어진 실학사상의 뿌리가 되었다.

김종서 ; 1390-1453. 고려 공양왕 2-조선 단종 2. 호는 節齋(절
재). 형조판서, 예조판서 역임. 세종의 두터운 신임을
받았다. 수양대군에게 아들 둘과 함께 죽임을 당했다.

김창업 ; 1658-1721. 효종 9-경종 1. 호는 老稼齋(노가재).
1681년 진사시에 합격했으나 벼슬길에 나아가지 않고
공명을 싫어하여, 지금 서울 장위동에 집을 짓고 농사
로 생애를 삼았음.

김천택 ; 생몰년 미상. 호는 南坡(남파). 영조 때의 歌客(가객).
숙종 때 捕校(포교)를 지낸 일 있으나 거의 평생을 여항

의 가객으로 지낸 듯 하다. 영조 4년(1728) 최초의 시조집 『靑丘永言(청구영언)』을 편찬.

남구만 ; 1629-1711. 인조 7-숙종 37. 호는 藥泉(약천). 영의정 역임. 송시열과 대립하여 소론의 영수로 지목됨. 1701년 장희빈 문제에 대해 가벼운 처벌을 주장하다가 賜死(사사)가 결정되자 사직, 낙향. 국정 전반에 걸쳐 경륜을 폈고 문장과 서화에도 뛰어났다.

남 이 ; 1441-1468. 세종 23-예종 즉위년. 태종의 외손. 17세로 무과에 장원. 27세에 병조판서. 세조가 죽자 반대파 유자광에게 모함을 입어 죽음.

맹사성 ; 1360-1438. 고려 공민왕 9-조선 세종 20. 호는 古佛(고불). 양촌 권근 밑에서 수학. 하늘이 낸 효자였다 함. 청백 간소하여 비가 새는 협소한 집에 살았다. 평민적이면서도 고아한 인품의 재상으로 유명하다.

박인로 ; 1561-1642. 명종 16-인조 20. 호는 蘆溪(노계). 임진왜란 때 수군에 종사하고 무과에 급제했으나 벼슬길은 순조롭지 못함. 가사 8편 시조 72수가 전함.

변안렬 ; ?-1390. ?-고려 공양왕 2년. 호는 大隱(대은). 본래 심양 사람으로 공민왕을 따라 고려에 들어와 원주를 본관으로 받았다. 이성계를 제지하고 우왕의 복위를 모의한 일에 연루되어 사형되었다.

서경덕 ; 1489-1546. 성종 20-명종 1. 호는 復齋(복재), 花潭 (화담). 벼슬에 뜻을 두지 않고 經書(경서)와 易學(역학) 에 심잠. 기일원론을 정립하여 독창적 사상가로 존경을 받는다.

성삼문 ; 1418-1456. 태종 18-세조 2. 호는 梅竹軒(매죽헌). 훈 민정음 창제에 공이 컸다. 단종의 복위를 꾀하다가 사 전에 발각되어 처형당하니 나이 31세. 그 때 지은 시조 들이다.

송　순 ; 1493-1583. 성종 24-선조 16. 호는 仰亭(면앙정). 정 치적 사회적 변동이 심하던 연산군에서 선조조 사이 50년의 관직 생활을 했다. '온 세상의 선비가 모두 송 순의 문하로 모여들었다'고 할 만큼 성격이 너그러웠 다. 음률을 잘 알고 풍류를 즐겨 호남가단을 이끌었다.

송　인 ; 1517- 1584. 중종 12년-선조 17년. 본관은 礪山(여 산). 호는 頤庵(이암). 中宗(중종)의 셋째 서녀 정순옹주 와 결혼. 사람됨이 高雅(고아)하여 당시 퇴계 이황, 남 명 조식, 율곡 이이 등의 존경을 받았다.

신　흠 ; 1566-1628. 명종 21-인조 6. 호는 象村(상촌). 선조 19년 별시에 급제. 임진왜란이 일어나자 신립을 따라 조령전투에 참가. 1613년 영창대군 사건(계축옥사)으 로 관직을 뺏기고 향리 춘천으로 돌아감. 인조반정 후

대제학, 우의정, 좌의정, 영의정.

안민영 ; 1816-?. 호는 周翁(주옹). 판소리와 가곡을 사랑하던
　　　　대원군의 강력한 후원을 받았다. 스승 박효관과 함께 3
　　　　대 가곡집의 하나인 『歌曲源流(가곡원류)』를 펴냈다.

왕방연 ; 세종 때의 문신. 삼촌인 수양대군에게 쫓겨난 단종이
　　　　영월로 유배되어 갈 때 금부도사로 호위했다. 단종의
　　　　유배지인 영월 청령포에 서 보면 그 물소리를 들을 수
　　　　있다. 그 곳에 이 시조를 새겨넣은 시비도 있다.

우　탁 ; 1263-1343 (고려 원종 4년-충혜왕 복위 4년). 호는 易
　　　　東(역동). 經史(경사)와 易學(역학)에 전심하였다. 예안
　　　　현에 은거.

원천석 ; 호는 耘谷(운곡). 이성계 파가 쿠데타를 일으키고 정권
　　　　을 잡자 벼슬을 사직하고 원주 치악산에 숨어 몸소 밭
　　　　갈이를 해서 부모를 봉양했다고 함. 태종이 도와달라고
　　　　여러차례 불렀으나 거절. 고려말의 역사를 상세히 기록
　　　　한 저서를 짓고 자손에게 열어보지 말라고 했으나 후손
　　　　이 두려워하며 불살라버렸다고 함.

월산대군 ; 1454-1488. 본명은 李婷(이정). 成宗의 형. 한명회
　　　　의 책략으로 아우 성종이 왕에 오르자, 자연 속에 은둔
　　　　하여 풍류로 여생을 보냈다.

유응부 ; 俞應孚 ?-1456. ?-세조 2. 호는 벽량(碧梁). 효성이 지

극하고 청렴했으며, 사육신 중 유일한 무인으로 세조의
혹독한 고문에도 태연했다 함.

윤선도 ; 1587-1671. 선조 20-현종 12. 호는 孤山(고산). 광해
　　　군 때 권신 이이첨의 불의에 발분, 초야에서 상소하였
　　　으나 경원으로 귀양, 13년만에 풀렸다. 병자호란 시 임
　　　금을 호종하지 않았다 하여 영덕에 귀양, 1666년 효종
　　　이 죽자 조대비 복제 문제로 三水로 귀양. 우리말의 아
　　　름다움을 잘 살린 시조 75수가 전함.

이　색 ; 1328-1396. 고려 충숙왕 15년-조선 태조 5년. 호는
　　　牧隱(목은). 1341년 성균시에 합격. 1353년 원나라 과
　　　거시험에 합격. 성균대사성 역임.

이　개 ; 1417-1456. 태종 17-세조 2. 호는 白玉軒(백옥헌). 목
　　　은 이색의 증손. 1436년 문과 급제. 단종 복위를 꾀하
　　　다가 성삼문과 함께 처형당했음.

이덕형 ; 1561-1613. 명종 16-광해군 5. 호는 漢陰(한음).　어
　　　렸을 때 이항복과 절친한 사이로 기발한 장난을 많이
　　　하였다고 전함. 영의정 역임. 임진왜란 정유재란 때 정
　　　승으로 큰 공을 세움. 인목대비 폐모론에 극력 반대하
　　　다가 관직 삭탈. 은거하다가 病死.

이병기 ; 1892-1968. 전라북도 익산에서 출생. 호는 가람. 시조
　　　를 위해 많은 애를 썼다. 현대적인 서정을 담아 서정시

조의 길을 개척했고, 시조부흥을 위한 이론적 근거를
마련했다. '현대 시조의 아버지' 라 일컫기도 한다. 『가
람 시조집』이 있고, 『가람 문선』이 고아한 문체로 유명
하다.

이양원 ; 李陽元. 1533-1592 중종 28-선조 25. 호는 노저(鷺
渚). 종실(宗室)이며 퇴계 이황의 문인. 임진왜란 때 선
조가 요(遼)땅으로 건너갔다는 헛소문을 듣고 통한, 8
일간 단식 끝에 죽음.

이은상 ; 1903-1982. 경남 마산 출생. 호는 노산(鷺山). 1942년
조선어학회사건에 연루되어 구금되었다. 서울대학교
교수, 대한민국 예술원 회원, 이순신 장군 기념사업회
장, 평생 2100여 수의 시조를 썼다 하니 가히 최다작
시조시인이다. 그의 시조는 생동하는 맛이 있고, 가곡
의 가사로 이용되는 것도 많아, 널리 사랑을 받는다.

이 이 ; 1536-1584. 중종 31-선조 17. 호는 栗谷(율곡) 또는
石潭(석담). 대제학, 이조판서 역임. 이황과 함께 우리
유학사의 쌍벽을 이룸.

이정보 ; 1693-1766. 숙종 19-영조 42. 호는 三洲(삼주). 대제
학, 예조판서 역임. 늙어서 벼슬을 물러나 산수에 자
적. 『海東歌謠(해동가요)』에 82수의 시조가 남아 있음.

이조년 ; 1269-1343. 고려 원종 10-충혜왕 복위 4년. 호는 梅

雲堂(매운당). 1294년 문과 급제. 모함으로 유배되었다가 풀려난 뒤 고향에서 13년간 은거.

이중집 ; 신원 미상.

이항복 ; 1556-1618. 명종 11-광해군 10. 호는 弼雲(필운), 白沙(백사). 권율의 사위. 직제학, 호조참의, 병조판서 등 역임. 임진왜란 때 선조를 호위하여 오성군에 책봉. 1617년 인목대비 폐모론에 반대하다가 북청에 귀양갈 때 지은 시조라 함. 적소에서 죽음.

이 황 ; 1501-1570. 연산군 7-선조 3. 호는 退溪(퇴계). 벼슬을 버리고 고향 안동으로 내려가 도산서원을 짓고 후학을 가르침.

임 제 ; 1549-1587. 명종 4-선조 20. 호는 白湖(백호). 성격이 강직하고 고집이 있어서 벼슬은 예조 정랑에 그쳤으나, 재주가 뛰어나고 시를 잘 지었음. 사람들은 그가 법도 밖의 사람이라고 하여 사귀려 하지 않고 다만 시만을 인정했다 함.

정도전 ; ?-1398. ?-태조 7년. 호는 三峰(삼봉). 공민왕 때인 1362년 진사시에 합격. 이성계를 도와 조선 건국의 실질적 공훈자. 관료중심의 새 왕조를 열려고 했으나 왕권중심을 주창한 방원과의 싸움에서 패해 피살됨.

정몽주 ; 1337-1392. 고려 충숙왕 복위 6년-조선 태조 1년. 호

圃隱(포은). 자는 達可(달가). 1360년 文科 삼장에 모두 합격. 성균박사 역임. 부패한 고려 왕조의 재흥을 위해 힘썼으나, 왕조 개창을 주장한 방원(태종)의 심복 조영규에게 개성 선죽교에서 피살됨. 학문이 뛰어나 東方理學(동방이학)의 원조라 존칭되었다.

정인보 ; 1893-?. 독립운동가, 사학자. 호는 爲堂(위당), 薝園(담원). '국학'의 개념을 정립하였고 그 연구의 기초를 실학에서 찾아 민족사관 정립에 주력했다. 육신의 죽음보다 더한 것이 '마음의 죽음'이라며 '민족의 마음'이 되살아나야 한다고 역설했다. 건국 후 초대 감찰위원장으로 국가기강을 바로 잡는 데 온 힘을 기울였다. 1950년 한국전쟁 때 납북되었다.

정　철 ; 1536-1593. 중종 31-선조 26. 호는 松江(송강). 김인후와 기대승에게 글을 배우고 이이, 성혼과 절친함. 동서분당이 되자 서인의 영수가 되었다. 〈관동별곡〉〈사미인곡〉 등 뛰어난 작품을 남겼음.

조　운 ; 1900-?. 전남 영광 출생. 1947년에 『조운시조집』을 낸 후 1949년 월북했다. 그래서 그의 시조는 숨겨지고 가려졌다. 일상사의 소재를 특별한 안목으로 바꾸어 현대시조를 탁월하게 형상화했다는 칭송을 받는다.

조찬한 ; 1572-1631. 선조 5-인조 9. 호는 玄洲(현주). 선조 때

과거에 급제한 뒤, 삼도토포사로 영·호남지역의 도적을 토평, 예조참의에 올랐다. 이즈음 광해군의 난정으로 외직을 청해 상주목사가 되었다가 1623년 인조반정후 형조참의, 뒤에 선산부사로 임기만료했다. 문무의 재능을 겸비하고 특히 시부에 뛰어났다 한다.

주의식 ; 생몰년 미상. 호는 南谷(남곡). 숙종 때 무과에 올라 칠원현감을 지냄. 몸가짐이 공손하고 마음씨가 고요하여 군자의 풍도가 있었다 함. 시조 14수가 전하며 墨梅(묵매)도 잘 그렸다 함.

최남선 ; 1890-1957. 고종27- . 계몽문화운동가, 시조시인, 사학자. 호는 六堂(육당). 신체시 〈해에게서 소년에게〉를 발표했고, 고시조집 『시조유취』을 펴내고, 개인시조집 『백팔번뇌』, 역사연구서 『兒時朝鮮』, 『故事通』을 출간했다. 삼일운동 당시 〈독립선언서〉를 초했으나 일제말기 친일.

한 호 ; 1543-1605. 중종 38-선조 38. 호는 石峰(석봉). 당대의 명필. 『한석봉 千字文』으로 유명함. 가평 군수를 지냄.

한용운 ; 1879-1944. 독립운동가·승려·시인. 호 萬海·卍海(만해). 충남 홍성 출생. 서당에서 한학을 배우다가 동학농민운동에 가담. 1905년(광무9) 백담사에서 승려가 되었다. 3·1운동 때 민족대표 33인의 한 사람으로서 독립선언서에 서명, 체포되어 3년형을 선고받고 복역했다. 1926년 시집 『님의 沈默(침묵)』출판.

황윤석 ; 黃胤錫 1719-1791. 숙종 45년-정조 15년. 호는 이재(頤齋). 조선조 실학기의 대표적 계몽학자. 수학과 천문학 등에 뛰어난 저서를 남기고 있다. 순조 때 도내(道內) 사림(士林)에서 그의 사당을 세웠다. 문집 『이재유고(頤齋遺稿)』에는 국어연구에 귀중한 자료도 있다

황진이 ; 본명은 眞(진). 기명은 明月(명월). 화담 서경덕, 박연폭포와 더불어 松都三絶(송도삼절)이라 했다 함.

황 희 ; 1363-1452. 고려 공민왕 12-조선 문종 2. 호는 尨村(방촌). 조선 태조 정종 세종의 역대에 벼슬을 역임, 24년동안 벼슬살이. 영의정. 도량이 넓기로 유명함.

효 종 ; 1619-1659. 광해군 10-효종 10. 조선 제 17대 임금. 인조의 둘째 아들 봉림대군. 1536년 병자호란이 발발하자 강화도로 피난하였으나 이듬해 형 소현세자와 함께 청나라에 볼모로 끌려갔다. 먼저 귀국한 형이 죽었으므로, 1649년 임금이 되었다. 청나라에 대한 원한으로 송시열과 함께 北伐(북벌)을 꾀하다가 재위 10년만에 41세로 죽음.

실버문고 · 202

명월(明月)이 만공산(滿空山)하니

초판 1쇄 펴낸날 2001년 5월 4일

엮 은 이 신연우
기획위원 이강엽 · 이상진
펴 낸 이 이정옥
펴 낸 곳 평민사
　　　　　서울시 서대문구 남가좌2동 370-40
　　　　　전화 영업 代 · (02)375-8571 편집부 · (02)375-8572
　　　　　팩시밀리 (02)375-8573
　　　　　E-mail : yeeuny@unitel.co.kr
등록번호 제10-328호

값 6,800원

ISBN 89-7115-339-3 03810
ISBN 89-7115-401-2 (set)